Narratori

MILENA BUSQUETS

Gemma

Traduzione di
Sara Cavarero

SOLFERINO

SOLFERINO

www.solferinolibri.it

Titolo originale
Gema

ISBN 978-88-282-0653-8
Prima edizione: giugno 2021

Gemma

1

Per me Gemma è sempre stato il nome di una morta. Be', non sempre, da una trentina d'anni, che è quasi lo stesso. Morì a quindici anni. Due anni dopo, morì mio padre. Anche se sul suo nome non piombò alcuna maledizione. Non ho nessun problema ad ascoltare i miei figli rivolgersi ai loro padri, non mi viene in mente il mio, non provo nessuna tristezza o stupore, e quando qualcuno pronuncia il suo nome, «Esteban», penso soltanto: Ma guarda, come papà. Invece, quando mi presentano una donna di nome Gemma e, alzando lo sguardo, non mi trovo davanti i bei capelli scuri, la carnagione pallida e gli occhi curiosi e spiritosi della mia amica, penso: No, tu non sei Gemma. Non lo sei affatto.

Cosa vuol dire Gemma? Pietra? Come pietra preziosa? Una gemma? *Gem*, in inglese? In Inghilterra non c'è nessuna che si chiami Gem, ma credo ci siano diverse «Gemme».

Entrambi i decessi avvennero sullo stesso scenario, il vecchio cortile della scuola, anche se poi morirono tutti e due in ospedale, ovvio.

Mamma venne appositamente a scuola per dirmi che papà era gravemente malato, e poi prese un aereo per andare con degli amici a trascorrere il weekend a Londra. Mi fece uscire dall'aula e, nel cortile vuoto, mi comunicò che quella che doveva essere una banale operazione allo stomaco si era trasformata in una sentenza di morte. Non prese nemmeno in considerazione di cancellare il suo viaggio. «Non avrei mai creduto che ti avrebbe fatto soffrire così tanto» si scusò poi, nel corso degli anni, in un milione di occasioni.

Non avevo più messo piede in quel cortile. Mi era capitato di passarci davanti qualche volta, non molte, ma sebbene non fosse troppo lontano da casa mia, ormai non faceva più parte dei miei circuiti abituali. Tutti abbiamo tre o quattro percorsi standard che seguiamo per andare in centro, a scuola, a Cadaqués, per innamorarci, per ritornare. Se li segnassimo su una cartina con una biro rossa, come si indicano a volte le vene nei disegni anatomici del corpo umano, noteremmo che sono quasi sempre gli stessi, che passiamo la vita in una stessa mano, avanti e indietro dall'indice al pollice e dal pollice all'indice o percorrendo il femore su e giù di continuo.

Scoprii che mia madre era innamorata di quello che sarebbe stato il suo ultimo amore un giorno, in auto, di ritorno a casa da delle commissioni, quando mi chiese di variare il nostro solito percorso perché qualcuno le aveva suggerito che in quel modo saremmo arrivate prima.

«Che strano» esclamai mentre le obbedivo. «Di solito facciamo sempre quell'altra strada.»

E all'improvviso, nel preciso istante in cui quell'idea pazza, folgorante e azzeccata mi passò per la mente, dissi:

«Non sarai innamorata, vero?».

Non sono poi tante le cose che modificano il corso dei nostri passi, così sicuri e decisi.

Il cortile era di cemento ed era circondato da edifici color sabbia funzionali, sobri e un po' opprimenti. Anche se forse, di tutti i posti del mondo, quello che meno importa sia brutto è proprio una scuola. Gli adolescenti si preoccupano soltanto del loro aspetto – e di quello dei genitori, fin quando lo considerano un'estensione del proprio –, e non ho mai sentito nessuno lamentarsi di studiare in un edificio rozzo e senza grazia. Ritrovarci a farlo in un palazzo non avrebbe cambiato una virgola. L'unica vegetazione consisteva in alcune siepi basse collocate in punti strategici – per dividere o indicare spazi diversi, all'entrata della scuola, tra il cortile e il campo sportivo –, dei cespugli con foglie di un verde intenso e brillante che noi studenti strappavamo e facevamo a pezzettini in modo distratto eppure scrupoloso, proprio come anni dopo avremmo fumato sigarette e guardato con la coda dell'occhio i ragazzi, lasciando ai nostri piedi un mosaico verde davvero poco ecologico. Il giorno in cui la direzione si accorse che stavamo deforestando il cortile, mandò una circolare in cui vietava di strappare anche una sola fogliolina all'interno della struttura scolastica. Un'ampia scalinata di pietra, forse vestigia della proprietà che la scuola era andata a sostituire, scendeva fino al cortile inferiore, dove c'erano la caffetteria, il campo di atletica, la palestra e le docce. Lì, davanti all'albero più alto della scuola – una palma secca e dritta come un bastone che sembrava voler spingere il cielo –, ci scattavano anche le annuali foto di classe.

Ci avvisavano sempre con qualche giorno di anticipo di modo che potessimo procurarci una tenuta impeccabile e adeguata, ma siccome eravamo adolescenti e quindi ci sentivamo i più belli e i più brutti del mondo, non ci facevamo nemmeno caso. E ci presentavamo vestiti come al solito.

Forse è per questo che quelle foto racchiudono spesso una profonda realtà, si intravede fumosamente, in mezzo alla nebbia, come in una sfera di cristallo, chi siamo e chi saremo. Se si presta attenzione, è già tutto lì: la determinazione, la curiosità, la timidezza, la gioia, la fiducia, l'orgoglio. Nessuno sfugge in quelle foto, dovrebbero essere sui nostri documenti per l'eternità.

Quel giorno ero andata a casa per pranzo, le lezioni iniziavano alle tre e mezzo, ma ero arrivata prima per stare un po' in cortile con i miei compagni. Non avevamo quasi amici maschi, non c'erano vie di mezzo: tra amiche ci amavamo follemente, mentre i maschi sembravano sempre rimanere un passo indietro. Erano amici proprio perché non li potevamo amare, perché quelli che ci facevano sognare erano più strani, diversi, più biondi, più bruni, più cupi e tenebrosi. Le nostre amiche, invece, nonostante i conflitti, le discussioni e i dispiaceri, erano la perfezione in persona.

Iniziava a fare caldo, il cielo era limpido e le fronde degli alberi si erano coperte di minuscole foglioline verdi agitate da una brezza delicata e intermittente, leggermente marittima.

Non l'avevo vista subito, erano mesi che Gemma non veniva a scuola, e ormai non eravamo più tanto amiche come prima. Al Liceo francese pensavano che riformare le classi ogni anno e mischiare gli studenti servisse a rendere più socievoli e ad aumentare la capacità di adattamento. Da anni non ero più in classe con la mia vecchia amica d'infanzia, e sebbene fossimo entrambe occupate dalla stessa fondamentale ricerca – scoprire chi eravamo –, avevamo preso direzioni molto diverse per verificarlo: io quella della ribellione, lei quella della cautela.

Ci avevano detto che era malata, avevo sentito qualche pettegolezzo, ma nel mio quotidiano non era cambiato nulla, non c'era nessun banco vuoto, nessun silenzio imbarazzante durante l'appello, nessuna sensazione d'assenza. Sentivo soltanto un leggero malessere quando pensavo a lei o quando, con gli occhi spalancati, parlavo della sua malattia con le mie amiche, ma non era altro che una nuvoletta grigia nell'orizzonte limpido e raggiante dell'adolescenza.

Teneva la schiena bella dritta. Sembra più alta, avevo pensato. E quanto è pallida! Era sempre stata piuttosto diafana, ma la sua carnagione prima lattiginosa e rosata, uguale a quella delle principesse delle favole, aveva virato verso il grigio. Era come se un velo color fumo si fosse posato sul suo volto conferendogli una tonalità cinerea e spenta; a risplendere erano soltanto i suoi occhi, umidi e liquidi (sono gli ultimi a morire, gli occhi). Le sue guance, paffutelle e morbide, erano scomparse, gli zigomi spuntavano affilati come coltelli e il naso, che era sempre stato lungo e sottile, era diventato un po' aquilino. Sembrava che un vampiro le avesse piantato una cannuccia nel braccio e se la fosse scolata tutta, fino all'ultima goccia.

Devo andare a salutarla, mi ero detta, non posso non farlo. Molti anni dopo, mi accadde lo stesso con Ana, una delle migliori amiche di mia madre, quando venni a sapere che era in ospedale («devo subito andare a trovarla, adesso, subito, non posso non farlo»), ma a quel punto avevo vissuto abbastanza da sapere che non sarei andata a salutarla, ma a dirle addio. Nel caso di Gemma non lo sapevo, non avevo mai dovuto dire addio a nessuno.

Così mi ero allontanata dal mio gruppetto di amiche chiacchierone e mi ero diretta decisa e spaventata verso di lei, anzi, sebbene immagino possa sembrare contraddittorio, direi che ero proprio scappata verso di lei. Per la prima volta in vita mia, mi ero comportata da persona adulta, o almeno come immaginavo si comportassero gli adulti. Eravamo amiche da quando avevamo quattro anni, l'avevo vista officiare un matrimonio nel cortile dei piccoli, avevamo fabbricato gli anelli dei futuri sposi un'ora prima in mensa utilizzando una buccia di banana – ci era sembrata l'idea più geniale del mondo. Ero stata invitata ai formidabili banchetti di compleanno che suo padre preparava nel suo ristorante. Sapevo che era segretamente innamorata di un ragazzo rosso e svampito che suonava la chitarra. Conoscevo la sua risata chiassosa. Ancora mi risuona nelle orecchie, anche se in lontananza.

A quindici anni sappiamo già tutto ciò che sapremo sull'amicizia, non miglioriamo come amici, al massimo peggioriamo. Forse l'amore romantico si può perfezionare con il tempo, ma non l'amicizia che raggiunge la sua radiosa e assoluta pienezza nell'infanzia. Quindi l'avevo raggiunta e avevo sussurrato il suo nome, Gemma, Gemma. A quel punto lei si era voltata e mi aveva guardata con dolcezza. Non era parsa sorpresa di vedermi, era stata gentile e affettuosa come sempre, sotto quel travestimento da strega delle tenebre continuava a essere lei. Non avevamo parlato di nulla di importante o interessante, ci eravamo comportate come due adulte che si incontrano per strada e una delle due è gravemente malata.

«Ehi! Hai un bell'aspetto» le avevo detto io, l'immortale.

«Sì, sì, sto meglio, molto meglio, grazie.»

«Che bello vederti!»

«Sì» aveva sorriso.

«Vedrai che adesso andrà tutto bene.»

«Ovvio.»

«E con questo bel tempo» avevo aggiunto, alzando il naso verso il cielo.

«Sì, sì, è una bella giornata, sembra che stia arrivando la primavera.»

Ci eravamo comportate da adulte, non avevamo detto nulla di ciò che pensavamo. I nostri genitori e tutte le persone responsabili della nostra scrupolosa educazione sarebbero stati orgogliosi di noi, nemmeno loro sarebbero riusciti a fare di meglio. Non la rividi mai più.

2

Óscar non voleva tagliarsi i capelli. Per anni era andato dal parrucchiere felice come una pasqua. Mi faceva sempre sorridere l'espressione quasi adulta, di piacere e rilassamento, che gli si dipingeva in volto quando, prima di sciacquargli i capelli ancora tutti insaponati, la parrucchiera gli faceva un massaggio. «Sarà un tipo godereccio, proprio come noi» dicevamo io e suo padre. Ma all'improvviso un giorno, influenzato da qualche rapper o sportivo, aveva deciso di lasciarseli crescere. Siccome aveva già undici anni ed era testardo e vanitoso, avevo optato per non intromettermi nelle sue scelte stilistiche. In ogni caso, di solito era vestito di gran lunga meglio di me. Quando mi parlava di possibili tatuaggi o di bucherellarsi un orecchio, gli rispondevo che quelle questioni le avrebbe potute affrontare dai diciott'anni in poi, non prima, proprio come per la patente o l'andare a votare.

Lo guardai con un po' di tristezza, seduto sul divano, di profilo, lì a giocare e apparentemente a parlare con il televisore. E dire che è così bello! pensai. Qualche giorno prima, suo padre l'aveva finalmente convinto ad andare a spuntarseli da un parrucchiere del quartiere; io ero la prima a difendere la vita di quartiere – passavo settimane intere senza uscire dal mio – per tutto meno che per le cose importanti. Così Óscar era venuto fuori dal parrucchiere cinese all'angolo con un lato della frangia più lungo dell'altro e con degli strani boccoli che gli incorniciavano il viso. Non avevo potuto evitare di chiedere a suo padre se per caso erano andati da un parrucchiere specializzato in tagli per rabbini, ma non l'aveva trovato affatto divertente. A volte si notava che faceva uno sforzo sovraumano per non trovare divertente nulla di ciò che gli dicevo. Invece, quando gli raccontavo qualche disavventura, si schierava subito dalla parte di chi mi aveva offesa dicendo che di sicuro aveva avuto tutte le ragioni del mondo. Non c'è nulla di più difficile che far ridere un ex quando è ancora innamorato di te.

Marc, invece, mio figlio maggiore, che aveva appena compiuto diciassette anni, i capelli se li sistemava da solo fin da quando era un bambino. Gli avevo chiesto migliaia di volte di dare una spuntata a me e a suo fratello, gli avevo persino comprato un paio di belle forbici professionali da parrucchiere, dorate e lucide. E gli avevo anche offerto dei soldi per farlo. Ma i miei figli non erano ricattabili e nemmeno particolarmente capricciosi, avevano tutto. Un giorno, stupita dalla perfetta armonia dei suoi ricci, rotondi e biondi come acini d'uva al sole, gli avevo chiesto come riuscisse a tenere così in ordine le ciocche sulla nuca.

«Come pensi che me li tagli, i capelli? Li tocco!» mi aveva risposto come se si trattasse di un'ovvietà.

Nessun uomo era riuscito a farmi sentire stupida, ma per i miei figli ero un pozzo senza fondo di inettitudine pratica, idea che io, d'altro canto, non avevo alcuna intenzione di correggere; in fondo chi sapeva aprire il cofano dell'auto, cucinare delle patatine fritte perfette e trovare i canali a pagamento della televisione? Invece, quando condividevo con loro la mia reale inquietudine, non so scrivere, non so scrivere, non so scrivere, si abbracciavano e rotolavano sul tappeto piegati in due dalle risate.

«Vado a teatro» dissi «non torno tardi.»

Non mi rispose nessuno dei due, per cui lo ripetei ancora un paio di volte «io vado, vado». I miei figli vivevano con le cuffie perennemente attaccate alle orecchie, non ero mai sicura che mi avessero sentito e la maggior parte di ciò che dicevo rimaneva in sospeso. Mi avranno sentita? mi chiedevo mentre li osservavo con attenzione alla ricerca di un qualche cenno di vita. Le nostre conversazioni non erano quasi mai come una partita di tennis, *pim*, *pam*, *pim*, *pam*, ma assomigliavano piuttosto a una traversata in mare in una giornata ventosa.

L'arrivo delle cuffie era coinciso con le prime lezioni di pianoforte di Marc. Io non l'avrei mai iscritto a lezioni di musica perché a casa nessuno aveva mai avuto il benché minimo orecchio musicale, anzi, l'esatto opposto, ma un giorno era venuto a trovarci il vicino del piano di sotto, Bosco, che era un gran melomane e cantava persino in un coro. Mentre bevevamo il tè, mi aveva detto che Marc si era scaricato un'applicazione per suonare il pianoforte e che stava imparando per i fatti suoi. Come a tagliarsi i capelli, pensai. Che strani i figli! Quanto era bello scoprire in loro qualità inesistenti nei progenitori! Attraverso i miei figli avevo conosciuto meglio i padri. Qualità che in questi erano soltanto latenti, mezzo addormentate o persino occulte, sbocciavano nei rispettivi figli con straordinarie forza e vitalità. La civetteria e l'infallibile occhio di Óscar, la sua curiosità e capacità di captare l'essenza di una persona in tre minuti, la cocciutaggine di entrambi (io, invece, potevo essere convinta di qualsiasi cosa). Il senso del dovere di Marc, i suoi silenzi, la sua vita profonda e insondabile, la sua infinita gentilezza con gli estranei; il leggero snobismo – imputabile più a me che a suo padre – dell'uno e l'indifferenza dell'altro alle apparenze; il senso dello humor di entrambi. I loro difetti – un certo egoismo e indifferenza per molte cose che non li toccavano direttamente – risultavano meno interessanti perché erano comuni alla maggior parte delle persone della loro età e, quindi, mi aspettavo fossero transitori e perdonabili. Poter osservare come quei due bambini si trasformavano in adulti mi sembrava un esperimento appassionante come l'arrivo dell'uomo sulla Luna.

«Perché non lo iscrivi alla scuola di musica del quartiere? Le mie ci vanno e sono contente» mi aveva suggerito Bosco.

Io non sapevo che Marc si fosse scaricato un corso di pianoforte. Evitavo di guardare gli schermi degli aggeggi elettronici dei miei figli, temevo sempre stessero facendo qualcuna delle orripilanti e malefiche cose che, stando ai giornali e agli psicologi infantili, si possono fare da un computer.

Non avevo mai provato il minimo desiderio di scoprire più di quanto gli altri non mi volessero raccontare. Non ritenevo che l'ansia di conoscere fino all'ultimo dettaglio della vita segreta delle persone amate fosse un reale segno d'amore o di interesse. Non era forse più che altro una mancanza di fiducia, un indice di ingenuità e un desiderio occulto di controllare l'altro? Non era forse altrettanto importante il pudore?

Nel lettore musicale che condividevamo, la mia era la musica moderna e commerciale, mentre quella classica e raffinata era di Marc. A volte, per caso, mentre cercavo di mettere una qualche canzone allegra per andare a fare la spesa o per guidare, si intrufolava un meraviglioso frammento di musica classica e restavo pietrificata per qualche secondo, come se stessi sentendo una chiamata lontana, il rintocco delle campane, ma scappavo subito via e in fretta, mi sembrava di non avere più né l'età né il tempo per un altro grande amore.

All'inizio, Marc si esercitava al pianoforte senza cuffie, poi un giorno stavo cercando di lavorare e così gli chiesi di metterle: da allora non suonò mai più il piano senza silenziarlo. Non servirono a nulla le mie suppliche e le mie finte minacce. Dopo due o tre anni di silenzio, durante i quali ne approfittai per scrivere un libro, pensai che magari mio figlio non era così dotato al pianoforte come affermava il nostro musicale vicino e che quindi forse si vergognava di suonare in pubblico. Il cugino Álex aveva iniziato a giocare a tennis a quattro anni e diceva sempre che lo adorava, i miei nonni lo fecero persino diventare socio del Real Club de Tenis. Finché un giorno, per puro caso, mia zia passò davanti alla scuola e decise di entrare per sapere come procedevano le lezioni. L'insegnante di tennis la informò che Álex non aveva fatto nessun progresso e continuava a essere allo stesso livello del primo anno. In famiglia non disse nulla nessuno, ma non ci stupimmo che a diciott'anni vendesse la sua tessera di socio per comprarsi una moto.

Non era il caso di Marc, come a un certo punto (quando raggiunse il livello sufficiente) potei constatare nei concerti trimestrali della scuola di musica. I concerti avevano luogo in un centro per la terza età, un grande salone pieno zeppo di opere d'arte che cercavano di dimostrare come tutti noi avessimo un artista dentro. La prima volta che ero andata ad ascoltarli ero talmente nervosa che avevo temuto di svenire. Avevo anche paura di non essere in grado, al momento opportuno, di accendere la videocamera del cellulare. Alla fine era filato tutto liscio. Marc aveva suonato per qualche minuto una sorta di marcia decisa ed eroica, molto appassionata e un po' rigida, come lui. Non aveva fatto un solo errore, era stato bello vedere la sua ampia schiena agitata dalla musica come fosse un'onda leggera.

Allora mi avvicinai alla porta di camera sua e bussai delicatamente.

«Che c'èèèèèèè?» rispose.

«Vado a teatro» dissi. «Tuo fratello sta giocando con i suoi marzianini sulla tele, ordinate quello che volete per cena.»

Marc staccò gli occhi dal computer, mi guardò con aria aggrottata e farfugliò una frase in cui distinsi solo le parole «stupida», «PlayStation», «puzzolente», «furba» e «facciatosta».

In realtà, nonostante le proteste di Marc perché doveva occuparsi di suo fratello, adoravano che li lasciassi da soli. In più di un'occasione, al mio ritorno, me li ero ritrovati a chiacchierare e a ridere insieme sul divano. Avevano sei anni di differenza, e in un certo senso, proprio per questo, entrambi si erano potuti godere alcuni dei privilegi dei figli unici senza dover rinunciare al divertimento di essere in due, al cameratismo e alla possibilità di allearsi contro di me. Quando era nato Óscar, Marc gli aveva scritto una lettera, «Benvenuto sul pianeta Terra» recitava. Entrambi, così come i loro rispettivi padri, mi accusavano di averla persa, ma io sapevo che doveva essere da qualche parte, probabilmente in uno degli scatoloni ancora da svuotare dall'ultimo trasloco, e che se un giorno ne avessimo avuto bisogno, sarebbe spuntata come per magia.

3

L'ultimo sole del pomeriggio mi accarezzò le palpebre. Certi giorni mi sentivo ancora straordinariamente forte, mi piaceva camminare, al mio corpo piaceva camminare e io lo portavo a spasso volentieri. Nelle giornate positive, camminavo con passi rapidi e lunghi che sembravano spingermi fino al cielo, poi scendevo veloce per avanzare e non appena il piede ritoccava terra, scattavo in avanti e verso l'alto come una molla. Sentivo i muscoli delle gambe, docili e flessibili, stirarsi e allungarsi. Il mio corpo mi aveva servita bene, l'affetto che provavo verso di lui era solamente paragonabile a quello che avevo provato per qualcuno dei miei cani. A volte lo dimenticavo per un po', nei mesi invernali o quando non ero innamorata. E recuperarlo, scoprire all'improvviso le mie gambe avvitate come serpenti o i miei piedi piatti e lunghi («sembra che te li abbia schiacciati un elefante» diceva sempre il padre di Marc) mi metteva lo stesso buonumore di quando mi ritrovavo un cucciolo davanti.

Arrivai in teatro appena in tempo ed entrai in sala con la platea al buio. Era l'ultima rappresentazione dell'opera di Bruno, era in cartellone da quasi un anno e aveva ricevuto critiche molto positive. In autunno sarebbero andati in tour, prima a Madrid e poi in altre città. Il successo li aveva colti di sorpresa; dopo quasi dieci anni in cui avevano rappresentato, con impegno e sensibilità, teatro di parola, soprattutto opere classiche, ora avevano messo in scena un testo breve per due personaggi scritto da Bruno e che lui stesso interpretava insieme a una delle attrici più veterane della sua compagnia. Quel dialogo ironico, sottile e un po' folcloristico, tra un giovanotto abbiente pronto a convolare a nozze e la sua folle zia, non solo aveva attirato l'attenzione del ridotto pubblico che frequentava i teatri, ma si era anche trasformato in una sorta di fenomeno sociale. I critici lo avevano paragonato a Oscar Wilde e i giovani – che in molti casi non avevano mai messo piede in un teatro – avevano ceduto davanti all'irriverenza e all'originalità del testo e si erano innamorati di certi personaggi che, pur essendo egocentrici, contorti e non troppo intelligenti, alla fine risultavano interessanti e profondi.

Io ero già andata a vederlo quattro volte. Mi aveva entusiasmata, e dire che in generale il teatro non mi appassionava granché. «È l'unico genere al mondo che ruota attorno a un solo creatore: Shakespeare» dicevo alle mie amiche del mondo dello spettacolo. Senza di lui, sarebbe sparito molto tempo prima oppure con l'invenzione del cinema, più frizzante e divertente. Il teatro continuava a esistere perché era esistito Shakespeare. Questo non succede nemmeno con personaggi come Messi! esclamavo. In realtà, se ci ero andata così tante volte era perché ero un po' innamorata di Bruno. Quando apparve sul palco, la platea fu percorsa da un lieve fremito. L'anno prima aveva preso parte a una serie tv poliziesca che aveva riscosso un gran successo e la gente andava a teatro per vedere lui. Sembrava un po' stanco, una leggera ombra violacea sotto i suoi tenebrosi occhi castani svelava una notte in bianco, trascorsa a giocare a poker, a bere o a girovagare in moto per la città all'alba.

Quasi due anni dalla prima volta che ci siamo visti! pensai guardandomi attorno. Mi parve ci fosse una preponderanza di donne, sebbene non fosse inusuale; nell'ambiente domestico, la cultura (tipo l'educazione dei figli) era spesso appannaggio delle donne. Avevo conosciuto Bruno tramite Violeta, la direttrice della compagnia di teatro, una sera in un dehors del parco de la Ciudadela. Stavano iniziando le prove dell'opera e Barcellona stava cedendo, disponibile e oziosa, a un'altra calda estate. Avevo appuntamento con Violeta e con un altro amico pittore con cui ero uscita un paio di volte e che si sarebbe occupato delle scenografie. In un primo momento non mi ero accorta di Bruno, che mi guardava con curiosità e stupore. Era abituato a essere riconosciuto e ammirato, era molto bello, aveva un viso affabile, intenso e virile, la fronte ampia e gli occhi separati come quelli di un cervo, e sembrava fatto appositamente per essere fotografato o filmato. In quel primo incontro, non avevamo parlato molto.

«Ti ho letta» mi aveva detto.

«E io ti ho visto» avevo risposto.

«Attendo con ansia il tuo prossimo romanzo.»

«Con ansia?» gli avevo chiesto io. Ed eravamo entrambi scoppiati a ridere. «E io non mi perderò la prima del vostro spettacolo.»

E poi eravamo tornati alle nostre rispettive conversazioni, io con lo scenografo e lui con Violeta.

Non gli avevo più rivolto lo sguardo fin quando non ci eravamo alzati per andarcene. Mentre ci dirigevamo verso l'uscita del parco, Violeta e io eravamo rimaste un po' indietro mentre loro erano più avanti di qualche metro. Nel vederli camminare davanti a noi, mi ero accorta che si assomigliavano, Bruno era quasi alto quanto il pittore, erano entrambi slanciati, proporzionati e molto alti, ma Bruno aveva le spalle un po' più larghe, i fianchi un po' più stretti, l'incedere più rilassato e sicuro. Camminava come se si sentisse il padrone del mondo, come stesse passeggiando in riva al mare e non avesse ancora deciso su quale nave imbarcarsi. All'improvviso mi ero sentita invadere da un'ondata di gioia e di ottimismo. Era un po' più giovane di me, ma io avevo la sensazione che gli uomini sorvolassero il tempo, o erano bambini o erano adulti, non c'era quasi mai una via di mezzo, quasi fossero nati con un'età fissa. Noi donne scoprivamo davvero la nostra età a quarant'anni, prima era un susseguirsi di balli in maschera.

E allora, come una farfalla nel mezzo di un parco soleggiato, leggera e capace delle più incredibili piroette, il mio interesse e la mia curiosità avevano abbandonato il pittore ed erano andate a posarsi con un delicato battito d'ali sull'attore dallo sguardo tenebroso. Soltanto la frivolezza permette certi salti mortali.

Nel successivo bar in cui eravamo andati a sederci era ormai tutto cambiato: il luogo (un normale e anonimo bar di quartiere, privo di qualsiasi interesse) mi era parso perfetto; i camerieri, simpaticissimi; le mandorle che ci avevano portato da piluccare, le più deliziose che avessi mai mangiato in vita mia. E tutti gli argomenti della conversazione risultavano essere improvvisamente appassionanti. Scriverò un libro su questo! E su questo! E anche su questo! mi dicevo mentre mi rimpinzavo di frutta secca. Si era accesa la luce ipnotica, tenue e favorevole alla seduzione, una fiamma che agiva sia come una lente d'ingrandimento sia come un filtro, accentuando e abbellendo tutto ciò che desideravo vedere e sfumando, fino a farlo scomparire, tutto ciò che un giorno mi avrebbe fatto soffrire. Non è che non lo vedessi, lo vedevo perfettamente, ma era più forte il desiderio di essere felice. Dopo un po', con la scusa di dover finire un quadro, il mio amico pittore si volatilizzò.

E così si erano mischiati due mondi, quello del teatro e quello letterario che, nonostante la vicinanza e le tante similitudini – ego giganteschi, amori e odi furibondi e una certa endogamia e tendenza all'esagerazione –, non erano soliti frequentarsi spesso. Mi divertiva portare Bruno a incontri letterari e osservare l'espressione dubbiosa e sorpresa delle persone quando lo riconoscevano. Anche lui mi trascinava ai suoi incontri sociali, più bohémien, allegri e informali dei miei, o che forse trovavo più divertenti perché per me erano una novità. Un giorno, in una di quelle feste tra attori a casa di uno di loro, dopo aver bevuto più del dovuto, Bruno aveva sollevato il calice esclamando: «Alla mia fidanzata, la più bella delle intellettuali e la più intellettuale delle belle». E tutti avevano applaudito con entusiasmo mentre io morivo di vergogna e lui mi abbracciava. Quello era stato il suo modo di formalizzare la nostra relazione. Quando, ormai all'alba, eravamo arrivati a casa sua, era crollato sul letto e, prima di chiudere gli occhi, mi aveva detto: «Adesso siamo fidanzati, eh? Non dimenticartelo». Dopo una settimana mi aveva presentata ai suoi genitori e ai suoi fratelli. Mi avevano adottata all'istante. Ero scivolata, senza pensarci troppo e senza quasi rendermene conto, sul dolce pendio di ciò che rappresentava una relazione formale, basata sulla sicurezza, l'amore, la lealtà e la fiducia.

Bruno era più socievole di me e si sentiva a suo

agio ovunque. Inoltre, come tutti i bravi attori, si faceva condizionare facilmente e senza fatica da quelli che lo circondavano, si mimetizzava con tutto ciò che attirava la sua attenzione, anche se era soltanto un interesse superficiale ed effimero. La sua comprensione delle cose era intuitiva e folgorante. In più di un'occasione l'avevo visto trasformarsi, in meno di cinque minuti di conversazione, nella persona che aveva davanti, adottarne la postura, il tono di voce e persino il modo di guardare. Lui non se ne rendeva conto e l'effetto svaniva rapidamente, ma era davvero meraviglioso vivere con qualcuno il cui lavoro non consisteva nell'essere se stesso, nel distillare fino all'ultima goccia della sua anima, bensì nell'essere un altro, e che riusciva a farlo in modo così fluido e naturale. «Perché sei così pensierosa?» mi chiedeva. E, dandosi una piccola spinta, appoggiava le mani a terra e faceva la verticale.

Mi ero messa una gonna color avorio che arrivava sotto le ginocchia, con profondi spacchi laterali che mi permettevano di camminare in fretta e a grandi falcate. Non era un indumento osé, era di una seta piuttosto rigida. Quando me ne stavo in piedi, immobile, gli spacchi si intravedevano appena e anzi risultavo persino casta. Ma dava immediato accesso al mio corpo e Bruno la adorava. Mi accarezzai le ginocchia al buio, come quelle donne che a volte, quando non si sentono osservate, si palpano inavvertitamente il sedere, quasi ad assicurarsi che sia ancora lì.

Mi venne in mente una sera in un teatro di Parigi con mia madre. Dovevo avere una ventina d'anni. Eravamo andate alla Comédie-Française a vedere *Il malato immaginario*, di Molière. Avevo trascorso il pomeriggio a provare profumi con Luca, il figlio di una delle migliori amiche di mia madre. Luca era uno scienziato e conciliava il lavoro in laboratorio con la sua passione per i profumi. Avevamo percorso la città entrando in meravigliosi e silenziosi negozi con moquette, lampadari a goccia e dispenser trasparenti con alla base piccoli rubinetti dorati che servivano a riempire minuscole bottiglie di vetro intagliato allineate sulle mensole. Lo conoscevano tutte le commesse e sapevano che non era corruttibile. Diverse riviste di moda gli avevano proposto collaborazioni e alla fine lui si era messo a pubblicare i suoi articoli sui profumi su una piccola rivista scientifica svizzera che non li pubblicizzava. Così aveva mantenuto la sua indipendenza e il diritto di dire quello che gli andava. Avevo provato quattro o cinque diversi profumi che aveva selezionato apposta per me: su un polso, sull'altro, nell'incavo del gomito, dietro l'orecchio, finché non mi era rimasto più nessuno spazio libero nel corpo e il mio olfatto aveva iniziato a mostrarsi incapace di distinguere o di apprezzare un qualsiasi altro aroma. Allora Luca mi aveva detto di sceglierne uno e mi aveva regalato una minuscola boccettina della preziosa sostanza, che mesi dopo era finita sul pavimento del bagno di un appartamento per studenti nel Sud di Londra, il giorno in cui un'amica dalle braccia lunghe e scoordinate l'aveva buttata involontariamente a terra.

Ero arrivata alla Comédie-Française di corsa e senza aver avuto il tempo di passare in hotel a cambiarmi. Ci eravamo sedute ai nostri posti e si era subito aperto il sipario. Dopo un po', mentre in preda alla noia stavo già pensando ai fatti miei, qualcuno alle mie spalle si era messo ad accarezzarmi i capelli. Non era stato un gesto brusco e nemmeno aggressivo, la persona seduta dietro di me si era limitata ad avvicinarsi un po' allo schienale e mi aveva passato con delicatezza le mani tra i capelli per un paio di volte. Ero rimasta immobile, stupefatta, divisa tra l'indignazione e il piacere. Forse per incoscienza, non avevo innalzato le solide frontiere che altre persone erigevano attorno al proprio corpo, ma lo avevo sempre donato con gioia e serenità. Avevo vissuto soprattutto attraverso altri corpi, ero un Paese che era stato più volte e felicemente invaso, impermeabile a qualsiasi politicizzazione o strumentalizzazione, analfabeta.

Nell'intervallo, avevo raccontato a mia madre quello che stava succedendo. Mi aveva guardata sorridendo e mi aveva detto, come fosse la cosa più naturale del mondo: «Siamo a Parigi. E poi, con tutti i profumi che hai provato con Luca, hai un odore squisito. Evidentemente quel signore se ne sarà reso conto».

Quando, a fine spettacolo, mi ero voltata, l'uomo era scomparso.

Finita la rappresentazione dell'opera di Bruno, mi venne incontro un impiegato del teatro che mi accompagnò dietro le quinte. I produttori stavano facendo un brindisi di saluto prima dell'inizio delle vacanze. Avrebbero iniziato la stagione a Madrid e non sarebbero tornati in città fino alla primavera successiva e con un nuovo spettacolo. Avevano invitato tutti i membri della compagnia e alcuni amici. Vidi Violeta al capo opposto dello scenario, che chiacchierava con un amico giornalista; nel vedermi agitò la sua sigaretta in aria e mi mandò un bacio. L'attrice che interpretava la zia del personaggio di Bruno era seduta su una specie di trono di cartapesta con in mano un bicchiere di whisky, circondata da giovani attori prostrati ai suoi piedi. Indossava un abito di raso blu con uno spacco laterale che lasciava in vista delle gambe infinite, pallide e spettrali e, attaccata alla scollatura, aveva una spilla rotonda di zaffiri che si abbinava ai suoi occhi. Aveva settantacinque anni ed era tanto famosa per le sue interpretazioni quanto per il suo caratteraccio. «Non sono nata nell'epoca della simpatia» diceva quando i giornalisti le facevano domande su qualche suo sgarbo; «sono un'artista, non madre Teresa di Calcutta, non aspettatevi troppo da me» brontolava. Lo scenografo con cui avevo flirtato prima di conoscere Bruno stava chiacchierando, serio e concentrato, con la fronte corrugata, con una ragazza che indossava un vestito a fiori. Quando gli feci un cenno di saluto con la mano, finse di non vedermi. A quel punto qualcuno si schiarì la voce al microfono, si accese un riflettore e sentii che mi prendevano dal gomito:

«Andiamo, stanno per iniziare i discorsi» mi disse Bruno «morirai dalla noia. E voglio farti vedere una cosa molto importante».

Lo seguii lungo un corridoio diroccato illuminato da lampadine appese a un filo fino al suo camerino, poi mi spinse dentro delicatamente e chiuse la porta con il chiavistello. Sorrisi pensando alla mia gonna.

4

Più tardi andammo a cena in un ristorante che aveva scovato Violeta nella parte alta della città.

«È nuovo, lo adorerete» disse «lo hanno appena aperto.»

Si era fatto tardi e avevo voglia di tornare a casa, ma alla fine cedetti all'insistenza dei miei amici e alla promessa di altro champagne. Dopo un periodo piuttosto frenetico, stavo cercando di uscire meno e di rimettermi a lavorare alla traduzione di libri dal francese e dall'inglese. Avevo constatato di poter stare fino a tre giorni di seguito senza uscire di casa. Quando alla fine mettevo il naso fuori, per andare a fare qualche commissione con miei figli, andare al cinema o a qualche evento sociale, avevo la sensazione di essere su un altro pianeta, di respirare aria nuova, a volte mi girava persino un po' la testa, sentivo le gambe molli e dovevo proteggermi gli occhi con le mani per evitare di essere accecata dalla luce del sole. Non era la scoppiettante ebbrezza da alcol, per due minuti mi sembrava di essere un'esploratrice su un territorio sconosciuto.

I nostri amici presero un taxi e noi andammo con la moto di Bruno. Lui si spostava sempre in moto, le collezionava, se ne prendeva cura e le portava in giro a passeggiare come fossero esseri viventi. Quando ci eravamo conosciuti, una delle prime cose che aveva fatto era stata mandarmi una fotografia della sua moto preferita, cosa che avevo trovato al tempo stesso molto sexy e molto stupida.

«La tua agente non farà la pidocchiosa con lo champagne, vero?» gli chiesi prima di entrare. «Se non bevo un po', mi addormento.»

Scoppiò a ridere.

«Non credo, è sempre molto generosa, le piace far colpo sui suoi clienti.»

«Ed è molto deprimente iniziare una cena con lo champagne e poi concluderla con il vino. Non credi? Succede spesso.»

«Sì, è terribile» disse lui «la peggiore disgrazia che possa capitare a un essere umano.»

«Anche se, a pensarci bene, è ancora peggio che ti chiedano se vuoi dello champagne per poi versarti dello spumante, questo può davvero rovinare la cena.»

Non rispose. Di solito Bruno si prestava con allegria alla mia prima uscita da snob, ma non a quelle successive, cosa che, invece di frenarmi, mi faceva venire ancora più voglia di continuare. Se non si stava attenti, lo scivoloso pendio dello snobismo poteva risultare tanto pericoloso quanto quello della solennità, difetto sommamente molesto e maschile di recente adottato con grande entusiasmo da alcune donne. Invece, la frivolezza, formidabile veicolo dell'intelligenza e dello humor, era stata soppiantata e abbandonata. Ormai si poteva solo parlare sul serio. Le nubi della noia, della correttezza e dell'indignazione minacciavano tempesta ogni giorno e ci infradiciavano fino alle ossa.

Il ristorante era nel seminterrato di una casa antica e un po' fatiscente. Si accedeva tramite una scala illuminata da piccole lampade a forma di funghi. Le pareti erano di un delicato color ocra e il retro dava su un cortile presieduto da un bel castagno circondato da alcuni tavolini coperti da una tenda a vela beige. I proprietari erano una coppia di francesi: il marito, alto e ben piazzato, con la barba, si occupava della cucina, mentre la moglie, un po' più giovane, con capelli lisci che le arrivavano alla vita e un kimono di seta color terra, ci accolse con gentilezza e una certa noncuranza. Quante cose risultavano più tollerabili se a farle era una persona ben vestita! I camerieri, rigorosamente in nero, erano una loro nipote e un paio di amici. La sala era illuminata da alcune lampade in seta che diffondevano una luce tenue ma sufficiente, le sedie erano di legno chiaro con lo schienale e la seduta di vimini e il pavimento era ricoperto da tappeti in sisal. È tutto così famigliare! pensai, mi ricorda i salotti degli amici di mia madre o anche casa nostra.

«Sicuro che non ci siamo già stati?» chiesi a Bruno.

«Con me no di certo» rispose «magari sei venuta con un altro.»

Sorrisi.

Ma quando Virginia, la sua agente, si alzò per salutarmi e mi chiese se conoscessi il ristorante le dissi di sì senza alcun tentennamento.

Fece sedere Bruno alla sua destra e me dall'altra parte del tavolo. Era ovvio che Virginia era un po' innamorata di lui. Quando glielo dicevo, con tono scherzoso – non sono mai stata una persona gelosa –, Bruno rispondeva serio:

«Gli unici agenti che funzionano sono quelli innamorati, che ti rispondono al telefono alle due del mattino, che si occupano di iscrivere i tuoi figli a scuola o di cercarti un appartamento, quelli che ti spediscono fiori al compleanno, che ti incitano a essere un attore migliore mentre non fanno altro che ricordarti che sei già un genio. Noi attori siamo fuori di testa, abbiamo bisogno di essere amati follemente, che si prostrino davanti al nostro incommensurabile talento».

«Vale anche per gli scrittori!» risposi io.

«Ti assicuro che non è realmente innamorata di me, è semplicemente brava nel suo campo, la migliore.»

Ma io avevo visto Virginia, così generosa ed espansiva con lui, avere a che fare con altri suoi clienti – c'era una sezione dell'agenzia che si occupava di rappresentare sceneggiatori – e mostrarsi fredda e seria come un qualsiasi impresario. Con me era sempre così gentile e sollecita da rendere difficile non pensare che, in fondo, mi detestasse.

Era anche l'agente di Carmen Dumoulin, l'attrice in cartellone con Bruno nell'opera. Era venuta alla cena insieme a sua nipote, una giovane osservatrice e silenziosa, molto bella, agli esordi nella sua carriera da attrice. Provai un certo sconforto nel rendermi conto che, tra gli ospiti, c'era anche il marito di Violeta. John era un famoso avvocato di diritti umani specializzato nel perseguire ex dittatori, viveva metà dell'anno a Brooklyn ed era vegetariano, oltre a essere un insopportabile pedante. Io lo osservavo e, dispiaciuta per la mia amica, pensavo: Violeta, ma con tutti gli uomini attraenti e gradevoli che ci sono in giro, come sei finita con un piombo del genere?

Si misero subito a parlare di lavoro. Da settembre, metà della compagnia si sarebbe trasferita a Madrid con l'opera di Bruno, mentre l'altra metà sarebbe rimasta a Barcellona a provare quella successiva. La cosa avrebbe implicato frequenti viaggi e probabilmente l'assunzione di uno o due nuovi dipendenti per gestire l'aspetto logistico. Virginia ricordò loro in diverse occasioni che da marzo Bruno sarebbe andato a girare una serie negli Stati Uniti, cosa che gli altri già sapevano da tempo e che non andava per nulla a incidere sul calendario della compagnia.

«Ma non ti preoccupare» aggiunse una a un certo punto deviando lo sguardo verso di me «di sicuro ti verrà a trovare ogni volta che potrà.» E sorrise con dolcezza.

Poi si misero a spettegolare, ma parlavano di persone che non conoscevo per cui facevo fatica a seguire la conversazione.

John, il cacciatore di dittatori vegetariano, era entusiasta di aver trovato in Ginebra, la nipote di

Carmen Dumoulin, un'ascoltatrice interessata e disponibile. Lo osservai per qualche istante, sudava molto; è impossibile che sia davvero vegetariano, pensai. Gli avvicinai il vassoio con il prosciutto. Non se ne accorse, aveva iniziato a parlare di diritti umani, poi proseguì con il riscaldamento globale, lasciando cadere qua e là, con nonchalance, i nomi di tutti i famosi attivisti che conosceva, e infine tirò fuori il discorso sul nuovo femminismo, la ciliegina su quella torta così indigesta. Mi alzai da tavola con la scusa di dover chiamare i miei figli e uscii in strada.

Non faceva ancora abbastanza caldo, ma sapevo, come l'ammiraglio Boom di *Mary Poppins*, che il vento stava per cambiare. La vita si stava affrettando verso l'estate, l'unica stagione che non è mai in attesa di nulla. In catalano c'è un detto: «*A l'estiu tota cuca viu*», l'estate è la madre dei poveri. È vero. Mi misi a fumare mentre osservavo la strada deserta e ricordavo che, non molto lontano da lì, abitava la mia amica Sandra, da cui ero andata a giocare migliaia di volte da bambina. E due vie più in là c'era la scuola. E il parco. E il bar dove i ragazzi che ci piacevano andavano a giocare a biliardo.

«Che fai? Stai bene?» chiese Bruno, comparendo all'improvviso. «Ti stavi annoiando? Quel John può essere davvero pesante, ma è una brava persona, ha aiutato parecchia gente. E noi ci siamo messi a parlare di cosucce di teatro. Che cafoni! Mi dispiace. Saremmo dovuti restare un po' di più in camerino.»

Sorrisi.

«Sì, è stato divertente, ma sono un po' stanca, era da tempo che non venivo da questa parte della città, la mia vecchia scuola è a cinque minuti da qui.»

«Be', andremo via presto, non preoccuparti. Ma cambiando argomento, Virginia ci ha appena invitati nella sua casa di Maiorca. Ha una piccola dépendance per gli ospiti dove saremmo del tutto liberi. Sarebbe carino, no?»

«Sì, Maiorca è bella, è da secoli che non ci vado» risposi.

I miei figli stavano per partire per le vacanze con i rispettivi padri e quell'anno non avevo ancora organizzato nulla. Non avevo alcun problema a restarmene per qualche giorno da sola a Barcellona. Le strade vuote e i tanti negozi chiusi mi facevano ritrovare l'amore per la mia città, riuscivo a rivivere i primi giorni di innamoramento, il ritorno dall'Inghilterra, quando avevo capito che era questo il luogo in cui volevo vivere. Eravamo nuovamente io e lei, mano nella mano, a recuperare l'intimità persa nei mesi più frenetici. Di notte, sdraiata nel letto, con la finestra aperta, immersa nel silenzio più assoluto, sentivo il suo respiro esausto, pacato, sotterraneo. Tutti i miei rapporti erano rapporti di coppia, persino quello con la mia città.

«Cosa farai adesso che è finito lo spettacolo?» chiesi a Bruno.

«Non lo so, mi piacerebbe andare insieme da qualche parte, per rilassarci, uscire un po' dalla città.»

«D'accordo, pensiamoci. Ok?»

Rientrati in sala, ebbi nuovamente la sensazione di essere già stata lì. Quelle sedie! Delicate come piccole giraffe bionde che si erano appena messe in piedi. E all'improvviso ricordai il gioco delle sedie, fatto molto tempo prima a una festa di compleanno. Avevamo circa sei o sette anni. Dopo la merenda, ci facevano sempre giocare al gioco delle sedie, che per me era un supplizio: temevo di essere l'ultima a ritrovarmi in piedi quando la musica si fermava oppure di inciampare e cadere o dover lottare con un altro bambino per una sedia. Non capivo perché ci costringessero a giocarci. Ma se non piace a nessuno! pensavo, che ci giochino loro se si divertono così tanto. E ogni anno la stessa solfa: finivamo di fare merenda, mettevano le sedie in cerchio in mezzo alla sala e accendevano la musica. Ero nel ristorante del padre di Gemma. Era cambiato tutto, a parte le sedie, ma il posto era lo stesso.

5

Quella sera non riuscii a scoprire nient'altro. I nuovi proprietari non ricordavano nemmeno il nome del precedente ristorante. Il locale era rimasto chiuso per anni, lo avevano affittato tramite un'agenzia. Nemmeno io lo ricordavo, l'avevo tenuto a mente finché era stata un'informazione utile e l'avevo dimenticato non appena aveva smesso di esserla: a quel punto era stato sostituito da altri nomi di luoghi, strade, ristoranti e persone, che a loro volta sarebbero poi stati dimenticati e sostituiti. Quello della memoria è un costante e infido andirivieni, un continuo viavai: in realtà ricordiamo ben poche cose, tre o quattro al massimo, il resto lo inventiamo o lo prendiamo in prestito. Quanto alle sedie, le avevano trovate impacchettate e in perfetto stato in un angolo del locale e la signora se ne era innamorata.

Rimasi a occupare la mia fino al termine della

cena, fin quando cioè John non mandò giù l'ultima goccia di vino del suo bicchiere. Era il tipico bevitore che non si alza da tavola se non ha prima svuotato tutte le bottiglie – e spesso questa mania piuttosto diffusa ha a che fare più con l'ansia di risparmio che non con la brama d'alcol. Immaginai che in un qualche momento dell'infanzia sua madre gli avesse detto che non poteva alzarsi da tavola se prima non aveva finito tutto quello che aveva nel piatto e che lui l'aveva interpretato così anche in riferimento al vino. A nessuno dispiacque particolarmente, grazie allo champagne e al cibo avevamo tutti ceduto a un allegro e tranquillo sopore. Era da un po' che non seguivo la conversazione, mi guardai attorno aspettandomi che da un momento all'altro un gruppo di bambine con indosso abiti chiari, scarpe di vernice nere e calzette bianche attraversasse la sala saltellando.

Adoravamo e trovavamo estremamente sofisticato che una festa per bambini venisse celebrata in un ristorante per adulti. Il locale era al buio, fatta eccezione per la sala principale e la cucina in cui già si affannavano camerieri e aiutanti in preparazione del turno serale. Avevano spostato tutti i tavoli perché noi bambini potessimo giocare. Da una parte della sala c'era un lungo buffet pieno di ogni sorta di dolci: meringhe, torte di frutta, ciotole straripanti di crema inglese e panna, fragole, sorbetti, minuscoli tramezzini al formaggio e prosciutto e una grande torta di compleanno al cioccolato ricoperta di figurine di zucchero che rappresentavano noi e che mandavamo giù sospirando di felicità.

«È successa una cosa incredibile» dissi a Bruno mentre uscivamo dal ristorante. «C'ero già stata! È il ristorante del padre della mia amica Gemma.»

«Davvero?» rispose.

«Davvero davvero.» E, passandogli un braccio attorno alle spalle, avvicinando il mio viso al suo e alzando un dito minaccioso, aggiunsi: «È morta. A quindici anni. Nel giro di due mesi. Leucemia. *Pim pam pum*». E lo baciai.

Mi scostò delicatamente. Bruno non si ubriacava mai, per quanto bevesse era sempre abbastanza lucido da capire ciò che gli accadeva intorno.

«Non me l'avevi raccontato. Deve essere stato orribile, no?» chiese.

«Se pensi di sapere tutto di me, sbagli di grosso. Ma sì, è stato orribile, davvero orribile, spaventoso» dissi mentre mi infilavo il casco e montavo sulla moto. Poi, appoggiandomi alla sua schiena e chiudendo gli occhi, aggiunsi: «Ma sono passati tanti anni».

Eppure non l'avevo dimenticata. I morti invecchiano, alcuni persino più in fretta dei vivi, ma i morti della mia vita, proprio come gli amori della mia vita, sono sempre stati incorruttibili. Ogni volta che vedevo un ex fidanzato mi veniva un leggero batticuore. L'animale in me riconosceva l'animale in loro, come quando per strada si incrociano due cani affini e iniziano a scodinzolare tutti contenti. I miei ex erano come i sassolini che Hansel aveva lasciato lungo la strada per poter tornare a casa.

«Ti dispiace non fermarti a dormire stanotte?» gli chiesi una volta arrivati. «Sono un po' stanca.»

«Lo sai che io dormirei sempre con te» rispose «ma va bene, d'accordo, ci vediamo domani.»

Nel sentire il rumore del cancello del giardino, Marc venne come sempre ad accogliermi e mi diede un bacio sulla fronte. Era cresciuto così tanto negli ultimi mesi che lo impigriva chinarsi per raggiungere le mie guance. Nessuno mi aveva mai baciata in fronte, era una sorta di benedizione. Io chi avrei potuto benedire con la mia vita così caotica e disordinata? mi chiesi. Magari i miei nipoti, se avessi fatto in tempo, se a quel punto mi fossi già trasformata in quel tipo di persona rispettabile che può baciarne un'altra sulla fronte.

Marc stava imparando a baciare, percepivo che faceva delle prove, metteva in atto diverse tecniche, i suoi baci non erano ancora fermi e sicuri, ma un po' rudi e precipitosi, un giorno te ne capitava uno sul naso e un altro giorno su un orecchio o sui capelli.

Baciare richiede sempre un secondo apprendimento. Da bambini sappiamo tutti baciare e tutti ci chiedono e pretendono continui baci che vengono poi celebrati alla follia. Più tardi, nell'adolescenza, ci impossessiamo dei nostri baci; ci dovrebbe essere una cerimonia formale tra genitori e figli: «Tesoro mio, d'ora in poi potrai baciare chi vorrai». E a quel punto dovremmo poter dimenticare tutti i baci che – per lo più costretti – abbiamo dovuto dare a zie, madrine, nonne e vari adulti per potere così iniziare a baciare da zero.

Óscar, invece, continuava a baciare come un bambino: baci stampati in mezzo alla guancia come al centro di un bersaglio, delicati, pieni, coscienziosi e un po' umidi.

Quando Marc andò a letto, mi versai un bicchiere di vino e accesi il computer. Controllai in maniera automatica, senza prestarci una grande attenzione, le ultime notizie e le mail ricevute, nel caso in cui durante i dieci minuti di tragitto in moto dal ristorante fosse successo qualcosa di vitale importanza.

E quando mi stancai dei giornali e dei messaggi, digitai il nome della mia amica: Gemma, Gemma Álvarez. Provavo sempre una sorta di pudore e di paura a digitare il nome di qualcuno che conoscevo, era lo stesso che mi succedeva con gli schermi e gli zaini dei miei figli: l'intimità delle persone amate andava protetta e non lasciata alle intemperie con la scusa di una presunta, malintesa e sopravvalutata curiosità. Gemma Álvarez. Non c'era nulla su di lei, non una menzione, una foto, un ricordo, era come se non fosse mai esistita.

Non è possibile, pensai, chiederò a Bruno di darmi una mano, lui è più giovane, se la cava meglio di me con i computer, di sicuro sto sbagliando qualcosa.

Non che Bruno fosse giovane. La gioventù finisce a trent'anni e lui ne stava per compiere quaranta. Perché le persone si accaniscono tanto a prolungarla? Lasciarsi la gioventù alle spalle non è una tragedia; in realtà, per la maggior parte della nostra vita non siamo giovani. La gioventù non è eterna, e tantomeno molto lunga. Ed è piuttosto scocciante che cerchi di invadere e ricoprire tutto con il suo manto affascinante, la gioventù usurpa persino l'intelligenza. Quando un adulto o un vecchio risultano divertenti, creativi o brillanti si dice che lo sono perché continuano a mantenere la mente giovane. Idiozie! pensai. Ma se chiamavo Bruno e lui veniva a darmi una mano, ovviamente avrebbe voluto fermarsi a dormire, mi dissi.

Vagamente irritata, digitai di nuovo il nome della mia amica. Ma non dicevano che su internet c'era tutto? Che c'era il mondo intero a portata di mano, come quando mia madre affermava che a New York era possibile trovare qualsiasi cosa, da un gazzettino pubblicato in un recondito paesino di Murcia fino al più puro dei diamanti? Allora mi venne in mente di digitare il nome di mio padre, morto due anni dopo Gemma. C'erano una vecchia foto di gruppo, un paio di anonime menzioni e nient'altro. Sembrava che le persone anonime vissute e poi morte prima dell'avvento di internet non esistessero, come se fossero scomparse senza lasciare alcuna traccia. Forse in rete c'erano davvero tante cose come a New York, ma non i cimiteri. Mi indignava che i miei morti fossero morti anonimi, quando per me erano morti clamorosi! Maledetto Mark Zuckerberg! esclamai. Gemma aveva vissuto quindici anni, aveva percorso le mie stesse strade, aveva preso voti molto alti, si era innamorata, era stata intelligente, sensibile, obbediente (quello era il suo unico difetto, l'unico difetto della maggior parte delle persone) e appassionata e aveva cenato ogni sera, come una principessa nel ristorante di suo padre. «Marcel», «Marcel»!!! Il ristorante si chiamava «Marcel»! Allora, vediamo: Ristorante Marcel Barcellona. Niente, nemmeno così, un colpo di spugna e via, come se neanche quello fosse mai esistito. E i genitori? Magari erano ancora vivi, certo in quel caso dovevano essere molto anziani e vivere in mezzo alle rovine. Anche intorno a me c'erano delle rovine, ma erano circondate da alberi, illuminate dal sole, e in fondo si vedeva il mare e tra le pietre crescevano le erbacce. E come si chiamavano? Non ne avevo la più pallida idea. Durante l'infanzia i genitori dei nostri amici non hanno nome, sono i loro genitori e basta, spesso anch'io ero solo la madre di Óscar e Marc. E se durante il Giudizio Universale mi avessero chiesto chi fossi, io stessa avrei risposto, senza alcun tentennamento: la madre di Óscar e Marc.

Avere figli è un esercizio di umiltà, più della morte, più del passare del tempo, non sapevo fino a che punto per le donne fosse compatibile con la scrittura. Per scrivere è necessario credersi Dio, si scrive dall'alto di un pulpito. Ma i figli ti ricordano di continuo che non sei nulla, che non esisti, che la tua felicità e la tua vita dipendono da loro. Il rapporto con i genitori è Shakespeare, Bergman. Il rapporto con i figli, se siamo fortunati, per un certo periodo (ma tutto è per un certo periodo), è un disegno di Sempé, un capitolo di *Il piccolo Nicolas*.

Finii il vino e me ne andai a letto. Avevo bevuto troppo, temevo che la stanza iniziasse a girare non appena mi fossi distesa. Entrata in camera, vidi Óscar rannicchiato sul letto, anche se aveva già undici anni da qualche giorno dormiva con me. Io me ne stavo a un'estremità, immobile come una mummia egizia, mentre lui, magro e spilungone come un pesce rossetto, occupava il resto del letto, un'ampia distesa bianca come la neve, fresca e scricchiolante in estate e tiepida e morbida in inverno, sempre disponibile per i miei figli. Era la loro personale infermeria in caso di tempesta, dispiaceri e dolori vari. Non c'è malessere che non si curi nel giusto letto. Óscar adottava sempre una posizione molto delicata, quando si addormentava appoggiava la guancia sulla mano, come stesse riflettendo e, quando si metteva a pancia in su, appoggiava la mano sul petto, con grande dignità, come la statua del cavaliere medievale, come aveva visto fare a suo padre e al padre di Marc in numerose occasioni. Appoggiai la mia mano sulla sua spalla e mi addormentai all'istante.

6

Mi svegliò il rumore della doccia nel bagno dei ragazzi. Con l'età, Marc si era trasformato in un rigido igienista. Il dentista gli aveva quasi dovuto estrarre un dente del giudizio a causa di una carie e da allora si lavava i denti per un'ora al giorno. Il ronzio del suo spazzolino, come un trapano, si era trasformato in qualcosa di molto famigliare e in fondo rassicurante come il rintocco delle campane di Cadaqués all'alba. Bruno trovava davvero divertenti quelle lunghe sessioni di spazzolatura:

«Bene, ecco che Marc si sta lavando i denti, il mondo è in ordine, ora possiamo andare a dormire» diceva, quando si fermava da noi.

Óscar, invece, stava ancora attraversando la lunga tappa della pigrizia. Certe sere, per controllare se si era lavato i denti, gli annusavo l'alito. In realtà, si trattava di una strategia per cercare di individuare nel suo respiro da preadolescente l'alito dolce e fresco dei suoi primi anni, quell'odore da cucciolo addormentato che assaporavo sdraiata accanto a lui, con la testa attaccata alla sua e gli occhi chiusi, immobile come una statua per non svegliarlo.

«Sono finiti i cereali, questa casa è troppo piccola e in più sono dovuto scendere ad aprire al postino» mi disse Marc non appena misi piede in cucina.

«Ah, sì? Ma pensa» sospirai.

Mi preparai un caffè doppio sotto al suo sguardo accusatore, mentre Óscar, seduto al tavolo di cucina, scuoteva la testa e alzava gli occhi al cielo cercando di trattenere le risate davanti a quella scena domestica così abituale.

«Riassumendo: dobbiamo trasferirci e devi smetterla di comprare libri troppo grandi che non entrano nella cassetta delle lettere» aggiunse mentre mangiava una fetta tostata con l'avocado.

Oltre a passare un'ora al giorno a lavarsi i denti, Marc aveva smesso di assumere zucchero e dolci. Io mi aspettavo grandi cose da quella gioventù, chissà, magari gli adulti tornano a essere di moda, pensavo.

«Ieri sono andata a cena con Bruno in un ristorante che merita davvero. Il vecchio proprietario era il padre di una mia amica, un giorno ci dobbiamo andare» dissi.

«E come mai Bruno non si è fermato a dormire?» chiese Óscar.

Erano diventati molto amici, spesso guardavano film insieme e Bruno gli stava insegnando a giocare a tennis.

«Non lo so» risposi «non è che si deve fermare tutte le sere.»

«Mamma!» esclamò lui a quel punto. «Non lo vorrai lasciare, vero? È fantastico, non ne troverai uno migliore.»

Scoppiai a ridere. I miei figli sono troppo svegli, pensai.

«E perché dovrei lasciarlo? Dai, andiamo a preparare lo zaino.»

A scuola gli avevano dato dei compiti delle vacanze che aveva iniziato con grande entusiasmo, ma verso i quali aveva rapidamente perso interesse. Era a malapena arrivato a storia, una delle materie che avrebbe dovuto fare nel mese che stava per trascorrere con suo padre.

«Non voglio fare i compiti di storia!» si lamentò vedendomi infilare il quaderno nello zaino. «Lo so già cos'è la storia: una stupidaggine.»

«Ah, sì? Cosa hai detto che sarebbe?» gli chiese suo fratello.

Suo padre era professore di storia.

«Be', molto semplice» esclamò Óscar con grande serietà. «La storia è: il Bing Bang, i dinosauri, i greci, i romani, la Rivoluzione francese, la luce, "Hitla" e Černobyl'» e aggiunse: «Il Bing Bang ha chiuso con i dinosauri».

A quel punto Marc gli si lanciò addosso abbracciandolo:

«Che tipo che sei! Che tipo che sei!».

«E perché dici "Hitla" invece di Hitler?» chiesi io.

«Si pronuncia così, "Hitla", siete proprio degli ignorantoni in questa casa.»

Avrei sentito la loro mancanza, ma ero contenta di poter avere qualche giorno per me, la vita quotidiana era così frenetica e piena di cose da fare che interferiva sempre con la mia naturale tendenza alla pigrizia. Anche se preferivo di gran lunga i cani, la mia vita ideale era quella dei gatti: dare una sbirciatina dalla finestra, uscire a fare una passeggiata al tramonto, cacciare uno o due topi. Dovevo iniziare a lavorare a una traduzione dal francese che mi ero impegnata a consegnare a inizio autunno e, senza i ragazzi per casa, senza l'obbligo di dover somministrare pranzi, cene e abiti puliti contavo di dare una bella spinta al lavoro. Bruno mi avrebbe fatto compagnia, avremmo potuto scopare sul divano o dove ci fosse andato più a genio e alimentarci a base di vino, formaggio, biscotti e frutta. Volevo anche mettermi in contatto con le mie vecchie compagne di scuola per ricordare Gemma insieme a loro.

Accompagnai Marc alla fermata del pullman per Vic, la cittadina in cui abitava suo padre, e poi portai Óscar a casa del suo, che mi salutò dall'ingresso con un cenno della mano decisamente poco entusiasta.

Óscar si allontanò dall'auto con passo rapido e deciso, ormai non camminava più come un bambino, non salterellava, ma scivolava sul pavimento con una certa sfacciataggine, come stesse ascoltando uno dei suoi rap preferiti, consapevole di ciascuno dei suoi movimenti. Quanto è cresciuto! pensai. Sentii lo stesso dispiacere che provavo da giovane quando salutavo un fidanzato: un dolore al cuore lacerante, passeggero e patetico. Forse era vero che non ero più innamorata di Bruno.

7

Abitavamo in una luminosa mansarda un po' diroccata le cui travi di legno sembravano un'estensione degli olmi che costeggiavano il marciapiede. Quando alzavo lo sguardo dal computer, guardavo dalla finestra e vedevo le piccole foglie agitate dalla brezza e avevo la sensazione che mi salutassero. I loro movimenti e la loro vita misteriosa mi facevano pensare ai cani che avevo avuto. Una mattina, al risveglio, trovai una di quelle foglie in sala, ai piedi della finestra aperta, immaginai avesse attraversato la strada e fosse svolazzata apposta fino da me. La misi in un vasetto con dell'acqua accanto al mio computer finché non marcì e la buttai nella spazzatura con un certo senso di colpa. Forse l'avrei dovuta far seccare tra le pagine di un libro, ma l'imbalsamazione mi è sempre parsa molto deprimente, preferivo che qualcosa marcisse, in fondo era più bello.

Avevo guardato dormire con reale interesse e

amore solo i miei figli. Quando, per le circostanze della vita, mi capitava di aprire gli occhi e trovarmi addosso lo sguardo di qualcuno, non riuscivo a evitare di provare una certa angoscia e fastidio, come se stessero cercando di strapparmi troppo presto via dal sogno o come volessero scoprire cose che nemmeno io sapevo.

Mi svegliai nel percepire che Bruno si stava muovendo accanto a me.

«Vado a comprare qualcosa per colazione!» disse balzando giù dal letto.

Una luce fievole e smorzata filtrava dalle fessure delle persiane formando un lungo disegno geometrico sulla moquette grigia. Dev'essere presto, mi dissi. Bruno si muoveva nella stanza con agilità e delicatezza, un'ombra, come Peter Pan. Si vestì in trenta secondi.

Non appena sentii chiudersi la porta d'ingresso, anch'io balzai fuori dal letto e andai in cucina a prepararmi un caffè. Speriamo che resti fuori per un bel po'! pensai. Eravamo chiusi in casa da tre giorni e iniziavo a sentire una certa claustrofobia. Mi piace tanto che se ne vada quanto che resti, mi dissi. È normale, sono entrambi movimenti molto importanti, la soppressione di uno dei due risulta sempre fatale.

E per non dover affrontare quello che stava succedendo, mi misi a filosofeggiare. Le persone vanno e vengono, è così che funziona, mi dissi mentre pensavo a cosa mettermi addosso. Da piccola, mio padre mi accompagnava a dormire e restava un po' lì con me e, quando si alzava per andarsene e io protestavo, lui con la sua alta e magra sagoma inconfondibile stagliata contro la soglia illuminata della porta, mi diceva: «Io vado e vengo, non preoccuparti, vado e vengo». E così mi addormentavo subito, certa che sarebbe tornato. Il miglior atteggiamento è senza dubbio sempre quello dell'andare e venire. Forse la cosa più importante non è restare o annoiarsi accanto a un altro, ma che si sappia che, qualsiasi cosa accada, tornerà.

Rientrò dopo dodici minuti e mezzo con pane e croissant.

«Dai, andiamocene qualche giorno in vacanza!» disse sedendosi davanti a me con in mano la tazza del caffè. «Scegli tu dove, offro io. Che ne dici dei Caraibi?»

«I Caraibi? Perché dovrei voler andare ai Caraibi se qui ho il Mediterraneo?»

«Allora in Italia!»

«Devo lavorare, Bruno, davvero. E credo che mi farebbe bene starmene qualche giorno da sola e tranquilla. Poi voglio anche vedere le mie compagne di scuola, scoprire cosa ne è stato di Gemma, dei suoi genitori.»

«Chi è Gemma?» mi chiese sorpreso.

«Ma come chi è?» risposi. «Gemma! Quella del ristorante dell'altro giorno, la mia amica che è morta. Gemma!»

Mi guardò con la fronte aggrottata e si passò diverse volte la mano tra i capelli in un finto tentativo di pettinarli quando, in realtà, li stava spettinando. Era un gesto civettuolo, una cosa ben più allegra e ludica della vanità. Bruno aveva un rapporto quasi infantile con la sua bellezza. A volte, quando si specchiava, gli scappava un sorriso soddisfatto. Era probabile che mai nessuno avesse rifiutato di andare in vacanza con lui. L'educazione sentimentale delle persone molto affascinanti da una parte è più veloce, ma dall'altra anche molto più lenta.

«Sì, sì, ora ricordo. Ma cos'è che vuoi scoprire? È morta da trent'anni.»

«Be', sinceramente non lo so, ma lo scoprirò» risposi.

«E lo devi fare proprio adesso? Nel bel mezzo di luglio?» si infilò in bocca un croissant intero. «Io se resto qui avrò la sensazione di aver sprecato il tempo» farfugliò.

«Certo, bisogna sfruttarlo bene. Puoi fare quello che vuoi, mi sembra un'idea splendida.» Bruno continuò a osservarmi incredulo.

«Lo so che posso fare quello che voglio, non trattarmi come uno scemo» rimase pensieroso per qualche istante. «Be', se tu davvero non vuoi andare da nessuna parte, magari io potrei farmi un giro di qualche giorno» disse infine. «Ieri ho parlato con Virginia e mi ha di nuovo proposto la dépendance nella sua casa di Maiorca.»

«Ah, Virginia! Ottima idea» dissi io. Lui si spettinò di nuovo la frangia. «Certo, dovresti proprio andarci. Ti divertirai. Se finisco in tempo la traduzione, magari ti raggiungo, mi piacerebbe passare qualche giorno al mare.»

«Sarebbe stupendo.» Sorrise e sembrò rilassarsi per la prima volta dal suo ritorno con la colazione. A quel punto si avvicinò alla mia sedia, si accovacciò, mi appoggiò le mani sulle ginocchia, mi baciò e mi disse che mi amava.

«Anch'io» risposi.

«Verrai davvero a Maiorca? Ti manderò messaggini ogni due minuti.»

«Sì, magari sì.»

Finimmo di fare colazione e lo accompagnai in strada per salutarlo. Mi baciò come se stesse per imbarcarsi per una lunga traversata. All'improvviso sentii una scintilla di euforia. Starò da sola per qualche giorno! Libertà! Libertà!, seguita da un leggero brivido di senso di colpa e gravità, ma mi mancherà anche, certo, moltissimo. Mentre mi abbracciava, mi aprì leggermente le gambe con una delle sue e, respirando profondamente, pensai: Certo che lo amo! A quel punto un uomo passò accanto a noi e mormorò: «Ah, l'amore!» e Bruno si staccò da me arrossendo un po'.

«È amore, eh?» disse facendosi serio. «Vero amore.»

«Sì sì» risposi io appendendomi al suo collo. Gli avrei anche potuto dire «sì, sì, sì» o «sì, sì, certo», l'unico che non avrei potuto dirgli era «sì».

Salì sulla moto.

«Anch'io ho una vita interiore, sai?» mi disse infilandosi il casco.

«Certo» risposi sorridendo e lo baciai di nuovo.

L'esperienza amorosa non è una cosa che si acquisisce nel tempo, si abbatte su di te in maniera inaspettata. Un giorno sei sdraiata sul divano di casa o ad aspettare l'autobus e ti dici: Ecco, ce l'ho, adesso ho capito. Non si tratta nemmeno di una vera e propria rivelazione, è come se, con il passare del tempo, un pozzo si fosse pian piano riempito d'acqua e all'improvviso potessimo attingerne. Non impariamo l'amore lentamente ma di colpo, proprio come s'impara ad andare in bicicletta: un giorno ci sali sopra e stai in equilibrio e parti all'impazzata giù per la strada.

Mi salutò con un cenno della mano mentre si allontanava sulla moto. Ci separavano sei anni, due secoli di esperienza e una malattia benigna: il suo innamoramento.

8

Dopo qualche giorno, vennero a pranzo da me Beatriz e Marta, due delle mie migliori amiche del Liceo francese. Insieme avevamo viaggiato, ci eravamo innamorate, ubriacate, avevamo visto l'alba. E ci eravamo volute bene, detestate e criticate reciprocamente con passione. Avevamo anche condiviso i vestiti, nuotato nello stesso mare, pianto dal ridere e pianto disperatamente.

Quando avevamo iniziato a uscire con i ragazzi sapevamo già cosa significasse avere una relazione sentimentale duratura e una complicata. La prima l'avevamo avuta con nostra madre (e, nel bene e nel male, sarebbe sopravvissuta a tutte le altre), la seconda con le nostre amiche. L'educazione sentimentale, sia femminile sia maschile, è sempre a carico delle donne.

Come ormai non mi accadeva da anni, ovvero da quando non erano più i miei amori principali, un minuto prima che bussassero alla porta, pensai: Che noia! Ma che senso ha continuare a vederci? Non ero stata in grado di mantenere l'amicizia di un tempo, mi era sfuggita dalle mani senza che me ne rendessi conto. Lo giustificavo a me stessa in mille modi diversi. Che idiozia l'amicizia paragonata alla passione! mi dicevo. Che pesantezza quella forma di amore calmo e distante, privo di emozioni forti, ma allo stesso tempo pieno di obblighi silenziosi e di pesanti richieste, suscettibile di terribili gelosie e di imperdonabili tradimenti. Ma in segreto invidiavo quelle persone che dedicavano parte del loro tempo all'amicizia, che se ne prendevano cura e la coltivavano, che depositavano in lei le proprie speranze e le vedevano realizzate. Sapevo che mi stavo perdendo qualcosa, come nel caso della musica classica di Marc. Quando Bruno, un giorno, mi aveva chiesto perché non uscissi quasi mai con le mie amiche, gli avevo risposto, sulla difensiva:

«L'amicizia è un gioco troppo sottile per me, la posta in gioco è sempre troppo bassa e il prezzo da pagare troppo alto. Detesto quelli che dicono di essere molto amici dei loro amici, sono un po' come quelli che si vantano di essere grandi amanti. L'amore, individuale, radicale e inspiegabile come un terremoto è diventato più pudico e invece l'amicizia corretta, pulita e che non ha bisogno del buio per esistere è diventata molto esibizionista. È il mondo al contrario! L'apologia dell'amicizia, così pura, così generosa e disinteressata è un ulteriore trionfo del puritanesimo».

«Forse hai ragione» mi aveva detto Bruno «ma comunque credo che dovresti vederle un po' di più, ti vogliono molto bene.»

Non appena entrarono in casa, mi accorsi che stava succedendo qualcosa di strano. Marta era uguale a sempre, vestita e truccata come se stesse andando a una festa, con dei tacchi vertiginosi che facevano sembrare me e Beatriz due nane, un paio di jeans super aderenti e una maglia nera che lasciava in vista una spalla color caramello.

«Ma che bella casa!» disse Beatriz. «Me ne dimentico sempre e, ogni volta che ci torno, penso: Che posto gradevole!»

Era Beatriz a essere strana! Le era caduto un dente!

Quando non si è più tanto giovani, il problema è che l'aspetto degli amici inizia a essere una questione personale e collettiva al tempo stesso. Se Marta continuava a essere sexy e voluttuosa significava che tutte lo potevamo essere – da una certa età in poi, la bellezza delle amiche smette di essere motivo di competizione o gelosia, e diventa ragione di orgoglio e gioia, la bellezza di qualcuno della nostra età è un trionfo collettivo –, ma se Beatriz stava perdendo i denti... Insomma, preferivo non pensarci. No no no no, non sorridere, piccola Beatriz, niente sorrisi. Magari le è appena successo e non se n'è accorta. Magari le è caduto davanti a casa. Qualche bambino, andando a passeggio quel pomeriggio, si sarebbe ritrovato un dente per strada, avrebbe creduto fosse un dente di dinosauro e lo avrebbe tenuto da parte come un tesoro fin quando un giorno la madre, scoprendolo, l'avrebbe buttato nella spazzatura, un po' sorpresa e un po' disgustata.

Mi sedetti strategicamente alla sua destra: se non si girava troppo verso di me, sarebbe tutto filato liscio. Oppure potevo rivolgermi soltanto a Marta, avevo sempre percepito che la mia preferenza verso Beatriz a tratti era troppo evidente, forse era arrivato il momento di rimediare.

«E allora? Come va?» chiese Beatriz.

Non potevo sopportarlo un attimo di più, rischiavo di farmi venire un attacco di nervi.

«Ma cosa come va? Ma se ti è caduto un dente! Come vuoi che vada!» esclamai.

«Sì» rispose sorridendo con timidezza e portandosi una mano alla bocca. «È per via dell'operazione alla mandibola che ho fatto un mese fa, ti ho detto che ero un po' malconcia.»

Mi dibattei un attimo tra la compassione e me stessa.

«Ah, sì!» dissi; ricordavo vagamente che mi aveva detto qualcosa di un'operazione.

«In più mia madre non sta bene» aggiunse. «Le mie sorelle sono andate in vacanza e io sono rimasta di guardia, non ho avuto tempo di andare dal dentista.»

Erano anni che sua madre non stava bene, ero arrivata alla conclusione che i suoi malanni avessero a che fare più con la solitudine e con la vecchiaia che con una malattia in particolare.

«Caspita» dissi. «Mi dispiace. Ma ti rispunteranno, no? Come ai polpi che, quando uno squalo gli strappa un tentacolo, gli ricresce.»

Marta scoppiò a ridere. Io e Beatriz eravamo diventate amiche perché, al di là del frequentare la stessa classe, condividevamo amicizie e interessi. Marta, invece, avevo iniziato a frequentarla il giorno in cui un professore, stanco di sentirmi chiacchierare e ridere con le mie amiche in fondo all'aula, mi aveva punita spostandomi nel banco accanto al suo, in prima fila, proprio davanti alla lavagna.

«Ma sei incredibile!» disse. «Me li sistemeranno tra qualche mese, non appena l'osso si sarà rigenerato» spiegò.

«Tra qualche mese! Ma quanti, per l'esattezza?»

«Sei o sette.»

«Sei o sette? Ma è orribile. Lo sai vero che non rimorchierai più fin quando non avrai i denti?»

«Che esagerata!» disse Marta.

«Sai perfettamente che ho ragione. Non fare la furba.»

«Quando ho smesso di tingermi mi hai detto la stessa cosa e guarda un po', non mi è andata così male» disse Beatriz stringendosi nelle spalle.

Ma una cosa era quella meravigliosa capigliatura da ninfa dei boschi, quasi metallica, bionda e azzurrognola, un'altra era andarsene in giro senza un dente.

«Sei disposta a non essere baciata da nessuno per sei mesi?» dissi e, senza darle il tempo di rispondere, aggiunsi: «Che poi non essere baciata per sei mesi è il male minore! La cosa più grave è che nessuno abbia voglia di farlo!».

«Ma sei mesi passano in un batter d'occhio!» disse Marta.

Starà pensando che sia uno spreco farsi mettere una capsula provvisoria, pensai. Lei sì che è una risparmiatrice. Me ne accorgo sempre al momento del dessert perché mi fulmina con lo sguardo quando mi avvento sui dolci, per non parlare di quando li finisco prima che lei possa assaggiarli. È una cosa che la manda davvero fuori di testa.

«E come va con Bruno?» mi chiese Marta per cambiare argomento.

«Molto bene, è fantastico» rimasi in silenzio per qualche secondo, non sapendo come proseguire.

«E?» disse Beatriz.

«Magari lo lascio. Non lo so» risposi.

Non sentii esclamazioni di stupore e protesta.

Uff, pensai. Mi sono appena tolta un peso di dosso. Non so che farò, ma so di dover fare qualcosa, l'ho appena detto. Ci sono cose che non sono vere finché non le dici ad alta voce, e cose che una volta dette ad alta voce smettono di essere vere. Eppure è un gran bel tipo.

«Ma come mai? È successo qualcosa? Stavate così bene» disse Marta.

«Mi annoio un po' con lui, credo che abbiamo iniziato ad annoiarci insieme.» In realtà non sapevo se lui si annoiasse, non mi sembrava, quando uno è innamorato non si annoia, soffre.

Beatriz, identificandosi immediatamente con Bruno e mettendomi in salvo e al sicuro dando per scontato che la vittima sarebbe stata lui, mormorò:

«Povero. Il problema è che non sei innamorata di lui, non lo sei mai stata».

«Dici?»

Mi alzai per andare a tirare fuori dal frigo la torta al cioccolato e, mentre la servivo, chiesi loro di Gemma.

«Una leucemia fulminante» disse Beatriz. «È morta nell'arco di due mesi. Se n'è andata prima delle vacanze di Natale e non è più tornata.»

«Così in fretta? Non è morta in primavera?» chiesi io.

«No, in inverno» insistette Beatriz «ne sono assolutamente sicura, ed è stato velocissimo.»

«Anche a me pare sia morta in inverno» aggiunse Marta. «Perché non cerchi il suo necrologio? Di sicuro dev'essere stato pubblicato su qualche giornale.»

«Sì, è una buona idea, lo farò. E sapete dov'è morta? Era in ospedale? Qualcuno era andato a trovarla?» chiesi.

«Io ci ero andata con qualche compagna di classe, ma ricordo davvero poco, solo il suo aspetto perché mi aveva colpito molto, era magrissima» disse Beatriz.

«In che ospedale era?» chiesi.

«Non mi ricordo.»

Nessuna delle due ricordava se, pur essendo malata, fosse tornata a scuola.

«A logica direi che non è mai tornata, è stato tutto molto veloce» disse Beatriz, sempre molto sensata.

«Be', ma io l'ho vista» replicai «era da tanto che non veniva a scuola, ma un giorno è tornata, magari solo per qualche ora, non lo so. Sono andata a salutarla, sembrava molto malata, abbiamo chiacchierato un po'. Lo ricordo perfettamente.»

Beatriz mi guardò dubbiosa e non disse nulla.

«Se ricordi che è successo, sarà successo» disse Marta, accarezzandomi delicatamente la mano.

Invece, tutte e tre ricordavamo molto bene la messa che era stata celebrata qualche settimana dopo nella Cappella Francese. Ci avevano indignato le parole e il tono del prete, che parlava come fosse un onore che Dio avesse chiamato Gemma al suo fianco così presto. Mi ero seduta nell'ultima fila con le mie amiche – proprio come in classe prima che mi obbligassero a sedermi davanti con Marta – come facevamo sempre sul pullman. Non avevamo visto i suoi genitori. Ricordavo di aver di nuovo avuto la sensazione di calpestare l'arida terra degli adulti; era la seconda volta in vita mia, la prima era stata nel cortile, quando l'avevo vista per l'ultima volta.

«Anch'io sono andata al funerale» disse Marta «è stato molto triste, non ricordo dove è stato celebrato, forse a Montjuïc. Alla fine della cerimonia, ci hanno dato una piccola foto di Gemma come ricordo.»

«Io non ci sono andata.» Ma perché? «Credo di non averlo saputo. Non mi ha avvisato nessuno. Tu lo sapevi?» chiesi a Beatriz irritata, come se fosse appena accaduto. «Mi avresti almeno potuta avvisare.»

«Non ricordo se l'avevo fatto o meno. Magari ti avevo avvisata ma non potevi. O magari avevano invitato soltanto le sue compagne più care. Non ci sono andata nemmeno io.»

«Tu non sei mai stata una sua grande amica, io sì» dissi.

Ormai non eravamo più in competizione per la bellezza, ma per l'amicizia sì; per l'amore saremmo state in competizione fino alla fine, per gli uomini non era mai successo. Non ricordavamo molto altro, io ricordavo che qualcuno mi aveva raccontato che le avevano piantato un ago enorme nella parte bassa della schiena, qualcosa sul midollo spinale che ovviamente non avevo capito ma che mi aveva causato incubi per settimane. Avevamo ripetuto un milione di volte che era stata una terribile tragedia, ma siccome non ricordavamo nulla di specifico sembrava quasi di parlare di un fatto di cronaca letto su un giornale e accaduto a migliaia di chilometri di distanza. Forse trent'anni erano migliaia di chilometri di distanza. Forse l'ignoranza e la gioventù, quello scudo invincibile, non solo avevano protetto noi – a quindici anni la morte è una lingua straniera, un orizzonte invisibile, un pianeta sconosciuto –, ma anche lei che magari non si era resa conto di quel terribile furto di cui era stata vittima – addio a tutti, senza mai aver scopato, senza aver avuto figli, probabilmente senza aver visto Venezia, senza nemmeno essersi mai fatta un bagno nuda –, ma ne dubito: Gemma era la più sveglia della classe.

L'ultima volta che la vidi, aveva già lo sguardo annebbiato, come mio padre in ospedale. Era seduto bello dritto, anche lui come Gemma, su una poltrona davanti a un tavolo con le rotelle. Non giaceva come un malato, era avvolto in una vestaglia molto elegante da sir inglese. Non vidi mai mio padre sdraiato, gli eroi non si sdraiano, le dee sì. Mia madre era quasi sempre mezzo nuda distesa sul letto, a lavorare, a giocare a carte, a leggere, a parlare al telefono o a giocare con i suoi cani.

Mentre ci salutavamo, Beatriz mi disse:

«Sai che cosa ho pensato all'epoca? Ho pensato: Ah, ma cavoli. Ma quindi è tutto qui?».

Ci guardammo in silenzio.

«Eravamo molto giovani» dissi io.

«Sì, certo» rispose lei.

«Dai che si fa tardi» concluse Marta.

Mentre scendevano le scale, le sentii discutere sul bar più vicino e carino per andarsi a bere un mojito.

9

Rimasta sola, mi misi a cercare fotografie di Gemma. Doveva essercene qualcuna negli album di famiglia. Ogni anno mia madre mi dava una bustina con dei soldi per comprare due copie delle fotografie di classe: una per i nonni e una per noi. Ma non trovai una sola foto della mia amica, magari l'album che le conteneva si era perso oppure era in uno degli scatoloni del trasloco che, dopo sette anni, non avevamo ancora avuto tempo di disimballare.

Perdevo sempre le cose che mi interessavano, ovvio, delle altre non me ne rendevo nemmeno conto perché non le cercavo. Ma mi abituavo in fretta alle perdite materiali, quello che non c'è non c'è ed è inutile continuare a parlarne, visto che non avevo il potere di farlo ricomparire come per magia allora tanto meglio non ossessionarsi; e continuavano a stare nella mia memoria, il luogo più sicuro del mondo, per cui non erano sparite del tutto, c'erano.

Nonostante li tenessi sul ripiano più alto dell'armadio e anche se non li guardavo spesso, adoravo quegli album di foto. Quando mia madre, per provocare o per vezzo, parlava di ciò che ci avrebbe lasciato in eredità, molti anni prima che la sua morte fosse anche solo remotamente concepibile – le madri sono immortali: fare figli ci rende immortali, almeno ai loro occhi –, io le dicevo sempre che la cosa che avrei tanto desiderato erano gli album di foto. Da bambina avevo trascorso tante ore immersa in quegli spessi volumi attentamente riempiti prima da mio nonno e poi da mia madre. Dimostravano che eravamo stati abbastanza felici, abbastanza affascinanti. E testimoniavano anche che ci eravamo voluti bene, che la nostra infanzia era stata così preziosa per qualcuno che si era disturbato a immortalarla. Un tempo fare fotografie non era così semplice come adesso. Mio nonno aveva trascorso ore, giorni interi a sceglierle, metterle in ordine cronologico, attaccarle belle dritte, senza nessun impiastro, annotando sotto, in bella grafia, il luogo, la data e l'identità dei soggetti. E poi, io e lui insieme, avevamo trascorso ore a guardarle – da bambina il passato non mi faceva paura come adesso, non c'era alcun pericolo di restare intrappolata nelle sue sabbie mobili. Mio nonno di solito mi raccontava la storia di ogni fotografia: «Qui ti eri comportata molto male, avevamo dovuto darti delle caramelle per farti stare ferma». «Questo tutù lo ricevesti a Natale.» «Qui piangevi sconsolata perché non te ne volevi andare via da Venezia.»

Un giorno di parecchi anni dopo, arrivata a casa, trovai mia madre – che ormai era molto malata – seduta a terra e circondata da ritagli di carta, mentre sventolava fiera le forbici della cucina.

«Questi album non vanno bene» mi disse indicandomi tutto quello scompiglio.

Aveva distrutto gli album di fotografie della mia infanzia per ricostruirli a modo suo, secondo lei con più grazia e senso di quanto non avesse fatto mio nonno. Fu impossibile ricomporli tutti. Molte pagine erano finite nella spazzatura, i commenti di mio nonno con la sua calligrafia piccola e arrotondata persi per sempre.

Un anno prima di morire, mia madre si era presentata alla mia festa di compleanno trascinando una pesante valigia. All'interno c'erano gli album.

10

Forse Sandra, la mia migliore amica dell'infanzia – Beatriz e Marta lo erano state dell'adolescenza – ha qualche foto, pensai. Le telefonai e ci demmo appuntamento di lì a qualche giorno. Era da tanto che non ci vedevamo. Se mia madre era stato il mio primo amore, Sandra era stata il secondo. In confronto, ottenere l'affetto degli uomini era risultato molto più facile, non li avevo mai percepiti come antagonisti e non avevo mai avuto la sensazione di doverli convincere di niente: erano dalla mia parte. Mio padre e mio nonno, che mi trovavano molto simpatica e mi adoravano, morti entrambi a pochi mesi di distanza quando avevo diciassette anni, mi avevano fatto amare il genere maschile. E mi avevano lasciato impresso nella mente per l'eternità ciò che doveva essere un uomo.

Le straordinarie donne della mia famiglia, più sveglie, più complicate e creative, non si erano mai intromesse in quella fantasia, ma mi avevano fatto pagare molto più caro il loro amore, forse perché erano vissute più a lungo.

A cinque anni sapevo già cosa significasse essere adorata da un uomo e lottare per l'amore di una donna. Tuttavia, non mi è mai passato per la mente di cercare mio padre o mio nonno nei miei fidanzati, li avevo già avuti, perché mai cercarli? Invece, continuavo a cercare mia madre in tutte le donne.

L'appuntamento era alle otto di sera in una caffetteria del quartiere, anche lei abitava in zona. C'era poca gente, le otto di sera sono un'ora strana. Mi sedetti a un tavolino accanto all'ingresso. Quanto ero nervosa! Era da così tanto che non ci vedevamo. Magari mi avrebbe trovata bruttissima. Mi sentivo come quando, dopo un po' di tempo, mi ritrovavo con un ex fidanzato che ancora mi piaceva un po'. Con quelli che non mi piacevano più per niente evitavo proprio di vedermi, anche se a volte cedevo, ovvio, nonostante tutto cercavo sempre di comportarmi bene. Ero decisamente mal vestita, quella che a casa mi era parsa una buona idea – jeans troppo larghi e una camicia a righe azzurra – in realtà non lo era. Se almeno la camicia fosse stata di seta o i pantaloni della mia taglia. Si salvavano le unghie, dello stesso rosa pallido, come una nuvoletta, sia ai piedi sia alle mani. Sicuro che lo nota, pensai. Un uomo non ci farebbe caso (e probabilmente nemmeno Beatriz), gli sembrerebbe la cosa più normale del mondo che una donna abbia le unghie come petali, ma poi all'improvviso si metterebbe a baciarle le mani senza sapere nemmeno il perché.

Mentre la aspettavo, Sandra mi telefonò cinque volte. «Dov'è che siamo rimaste?», «A che ora?», «Sei già arrivata?», «Come stai?».

Non era facile prendere un appuntamento con lei. Qualche giorno prima mi aveva telefonato all'ora di pranzo.

«Vuoi mangiare qualcosa insieme?»

«Sto già mangiando. Sono le due e mezzo!»

«Ah, sì? E come mai mangi così presto?»

«Be', non lo so, avevo fame. Non è presto. Vuoi che ci vediamo domani a colazione?»

«No, no, domani è impossibile.»

E il giorno dopo, alle due e mezzo in punto, mi aveva richiamata per vedere che progetti avevo per il pranzo.

«Ti sbrighi ad arrivare?» le dissi dopo la terza telefonata.

Scoppiò a ridere.

«Sei cattiva, eh? Cattiva cattiva.»

Sorrisi. Solo mia madre e Sandra mi avevano detto che ero cattiva, anzi, «cattiva cattiva», che è molto meno grave. Anche Marc lo faceva, a volte, scherzando, per fare il verso a sua nonna.

Gli uomini temevano e adoravano Sandra. Le donne la detestavano, non perché fossero gelose di quei tratti così belli – i capelli lisci color miele, le sopracciglia spesse e scure, i profondi occhi azzurri, la bocca tirabaci e il mento piccolo e appuntito – e di quel corpo dorato e flessuoso che sembrava fatto per ballare tutta la notte e giacere sulla sabbia durante il giorno, bensì perché Sandra diceva sempre la prima cosa che le frullava per la testa, che generalmente era un'impertinenza. Non lo faceva per cattiveria o per ferire, era semplicemente quello che pensava e quello che a volte pensavamo tutti senza però il coraggio di dirlo a voce alta.

Mi aveva telefonato qualche settimana dopo la morte di mio padre. All'epoca ormai non ci frequentavamo più, non eravamo più nella stessa classe e da tempo non avevo sue notizie. Dopo un minuto e mezzo di conversazione, durante il quale aveva parlato soltanto lei, mi aveva detto:

«Be', non mi sembri poi tanto distrutta, no?».

Sandra era così, faceva anche una certa fatica a mantenere le amicizie.

Indossava una minigonna di jeans, un paio di espadrillas con le zeppe e una maglietta scolorita. Da bambina volevo sempre vestirmi come lei, sua madre adorava la moda e le sue figlie (Sandra aveva una sorella minore) erano sempre molto ben vestite, mentre a mia madre della moda non importava un fico secco. Io e mio fratello indossavamo abiti pratici e di buona qualità e io avevo qualche vestito da festa per i giorni speciali, ma niente a che vedere con i completi con cui Sandra e sua sorella venivano a scuola.

«Ma come sei bella!» esclamò nel vedermi.

Sono sempre quelli più belli di te a dirti che lo sei.

«Tu sì che sei bella» risposi.

Siccome voleva fumare, uscimmo nel dehors con i nostri bicchieri, era un po' presto ma avevamo ordinato del vino per festeggiare il nostro incontro.

«Gemma? Sì, sì, certo che me la ricordo. È stato orribile» disse quando le chiesi di lei. «Ma non posso darti grandi dettagli, è passato così tanto tempo. Ricordo le sue feste di compleanno, quello sì, e anche i sorbetti al lampone che preparava suo padre.»

«Sì, che razza di feste, eh?»

«Meravigliose. Adesso le fanno tutte in quei locali raccapriccianti che chiamano ludoteche.»

Scoppiammo a ridere.

«E ricordi che un giorno, dopo pranzo, Gemma aveva organizzato un matrimonio in cortile? Dovevamo avere circa sei anni. Aveva fatto sposare Isabel Margarit con un bambino, non ricordo chi fosse.»

«Sì, è vero! Noi facevamo gli ospiti. Gemma faceva il prete, si era messa il grembiule a mo' di abito talare e avevamo fatto gli anelli con la buccia di una banana. Era stato fantastico. Il più bel matrimonio a cui sia mai stata.»

«Sì, anche il più breve» dissi.

«Ordino qualcosa da sgranocchiare o finisce che ci sbronziamo» disse a quel punto alzandosi.

Com'era tutto famigliare con Sandra! A volte, spinti dall'entusiasmo, diciamo di qualcuno che abbiamo appena conosciuto: «è come se ci conoscessimo da tutta la vita», ma non è mai vero, niente può sostituire tutta la vita, solo l'accumulo di momenti, ore e giorni che la costituiscono.

Tornò con un piattino di mandorle salate e un sacchetto di patatine.

«E per caso ricordi se Gemma era tornata a scuola?»

«Sinceramente, non lo so. Era tornata?»

«Sì, sì, io l'avevo vista.»

Era da un po' che, senza rendersene conto, giocherellava con il cellulare, lo posò sul tavolino e tirò fuori il tabacco per rollarsi una sigaretta.

«Vuoi che te ne prepari una?» chiese. «Non c'è droga dentro. Tranquilla.»

Scoppiammo di nuovo a ridere. Il livello delle nostre battute era lo stesso dei tempi della scuola.

«Sì, grazie.»

«E come va con il tuo fidanzato? Continui a uscire con quell'attore?» e, senza nemmeno darmi il tempo di rispondere, aggiunse: «Gli uomini sono pesanti, eh? Pesanti, pesanti. Io sto uscendo con un tizio da qualche mese e non so cosa fare, è davvero una brava persona, ma...».

E poi iniziò a snocciolare le ragioni a tratti frivole e a tratti profonde (come sono sempre le ragioni per amare e per smettere di amare qualcuno) per cui non sapeva se lasciarlo o meno.

Diciamo: «l'ho amato perché sapeva suonare i bonghi», «l'ho lasciato perché dimenticava sempre accesa la luce dell'ingresso», «perché sapeva aggiustare la lavatrice», «perché in realtà era un pessimo amante», «perché non lasciava mai nessuno nei guai», «perché non sapeva parlare agli animali», «perché era un codardo».

«Come si veste Bruno? Ricard indossa delle camicie orrende, ma davvero orrende.»

«Si veste bene. Gli piacciono i vestiti» risposi.

«Be', non sai quanto sei fortunata!»

«Dai, non è così grave indossare camicie orrende, no?»

Mi guardò con gli occhi sgranati.

«Be', insomma, è piuttosto grave e lo sai perfettamente, non metterti a fare la buonista con me.»

E scoppiammo ancora una volta a ridere.

«Non gli avrai detto che le sue camicie sono orrende, vero?»

«Non con queste parole, no, ma siamo d'accordo che d'ora in poi andremo a comprare i suoi vestiti insieme.»

Un giorno di molti anni prima, a Cadaqués, stavo facendo colazione al circolo quando era comparso Simón, uno dei miei migliori amici dell'epoca. Sandra era appena arrivata a Cadaqués per trascorrere qualche giorno a casa e la notte prima tra loro due era iniziata una storia. «Come è andata con Sandra? Tutto bene?» gli avevo chiesto quando si era seduto accanto a me con una Coca-Cola, un panino con la tortilla e la sua adorabile espressione distratta e assonnata. Simón suonava il piano in un gruppo rock ed era il più affascinante dei miei amici. Sandra doveva essere ancora a letto oppure ad arrampicarsi sulle rocce, quell'anno le era venuto il trip di andare a cercare cozze. «Sì, sì, è andato tutto bene» mi aveva risposto. Poi aveva bevuto un sorso di Coca-Cola, sembrava più perplesso del solito: «Ma una volta finito, mi ha detto che in realtà la penetrazione non le interessa». Avevo cercato di non scoppiare a ridere. «Eh, lei è così, un po' pazza» avevo detto per consolarlo.

Sandra, la più borghese e convenzionale delle mie amiche, in realtà era quella che lo era di meno. La libertà è un dono, come la bellezza o il talento, quasi mai la si conquista.

«E in più ha anche dei figli» aggiunse sospirando «e vive nella stessa via dei suoi ex suoceri.»

«Anche tu hai una figlia.»

«Ma i suoi sono piccoli. E vogliamo parlare del fatto che vive nella via degli ex suoceri?»

Immaginai il fidanzato organizzare un trasloco di emergenza. Se fossimo capaci di vivere i rapporti d'amore con la stessa leggerezza con cui ne parliamo con le nostre amiche dopo qualche bicchiere, sarebbe tutto più facile, pensai.

Il vino era finito, e il sole era tramontato.

«Si è fatto tardi» dissi sgranchendomi e guardando in direzione della strada deserta.

Mi appoggiò una mano sul braccio:

«Aspetta! Non ti ho ancora raccontato il peggio». E, inclinandosi verso di me come stesse per rivelarmi il più grande dei segreti, sussurrò: «Fa pipì seduto».

Scoppiammo di nuovo a ridere. Ridevamo con la stessa risata stupida ed esagerata dell'infanzia, una risata che riescono solo a fermare – e non sempre – i professori minacciando di cacciarci dall'aula o di metterci uno zero in condotta.

«E non venirmi a dire che è normale come la faccenda delle camicie orrende! Siamo seri: non puoi pretendere di avere una fidanzata e fare la pipì seduto. L'unica manifestazione della superiorità maschile è il fatto di poter pisciare in piedi, per il resto non ci arrivano nemmeno alla suola delle scarpe. È l'unica cosa che gli resta, fare pipì in piedi e aver calpestato la Luna, se rinunciano a quello, voglio vedere. Però» aggiunse pensierosa «se lo lascio, chi mi farà le coccole?»

Rimase in silenzio per qualche istante, valutando la questione, poi all'improvviso esclamò, guardandomi le mani:

«Ma che smalto meraviglioso! Lo adoro! Sai che non ho mai conosciuto così bene delle mani quanto le tue? Nemmeno quelle di un uomo. Le tue, le riconoscerei in mezzo a migliaia di altre».

«Ricordi che quando ci annoiavamo, ci accarezzavamo sotto il banco? Un po' tu e un po' io. Quando la professoressa ci scopriva, si arrabbiava tantissimo.»

«Sì, certo che me lo ricordo» risposi.

Ci alzammo.

«Senti, posso chiederti una cosa? Se un giorno dovessi scrivere un altro libro, ci metteresti dentro anche me?»

«Be', non ne ho idea, non so se scriverò un altro libro.»

«Se ci sono, voglio che ci sia il mio nome. D'accordo?»

«D'accordo» dissi. «Ci proverò. Anche il proprietario del ristorante vicino a casa vuole comparire, e il padre di Marc. Non so come farò a infilarvi tutti dentro, ma ci proverò. Comunque siete ben strani, di solito le persone chiedono l'opposto, di non essere citati nei romanzi degli amici o amanti per paura di essere fatti a pezzi.»

Come se uno scrittore potesse decidere queste cose! mi dissi. Non c'è niente e nessuno che un autore non sia disposto a usare – e a squartare – se questo significa ottenere una buona frase o un buon paragrafo.

Mi abbracciò.

«Grazie mille, mi ha fatto davvero tanto piacere. E soprattutto metti il mio nome, ok?»

La osservai mentre si allontanava camminando lungo la strada vuota, all'improvviso si voltò ed esclamò:

«Ah, e un'altra cosa: perché porti dei jeans così deformi e orrendi? Potresti indossare qualcosa di più carino, no?».

11

Aveva ragione sui jeans, non appena arrivata a casa me li tolsi e decisi che non li avrei messi mai più. Uscire mal vestiti è una piccola e insopportabile sconfitta, pensai. Non è forse possibile vestire in modo neutro, né euforico né disperato, giusto e preciso, né umile né ostentato, né troppo pratico né troppo lussurioso? Come Albert Camus, come i personaggi dei romanzi di Natalia Ginzburg o come la stessa Ginzburg. L'intelligenza veste abbastanza, ma non in modo sufficiente. E che dire poi di tutti quegli uomini che ultimamente girano per strada con giacche troppo attillate, camicie troppo strette e pantaloni troppo corti? Ma non lo vedono che nessuno può prendere sul serio un uomo che fa vedere le caviglie? pensai. Le caviglie degli uomini sono il loro tallone d'Achille. Che poi in questo modo la storia acquisirebbe molto più senso. Perché a chi viene in mente di afferrare un neonato dal tallone per immergerlo nelle acque dell'immortalità? La cosa logica è prenderlo dalla caviglia.

Le caviglie delle donne invece possono essere molto belle, mi dissi guardando le mie sul divano. Con gli avambracci, invece, succede l'opposto, non sono per niente interessanti, mentre quelli degli uomini potrebbero persino riuscire a farti innamorare.

Bruno è un po' troppo ben vestito per essere elegante, a volte indossa abiti che sembrano davvero costosi. Bisogna vestirsi in modo apparentemente povero senza però smettere di sembrare ricchi.

Mi mancava Bruno. Avrei potuto prendere un aereo la mattina dopo e a mezzogiorno sarei stata con lui a navigare nel Mediterraneo, a tuffarmi in mare, esplorare grotte marine e prendere il sole in barca mentre giocavamo a scoprire forme mitologiche e mostruose nelle rocce.

Abitavo quasi in collina, da casa mia si vedevano un lato del Tibidabo e la torre di comunicazioni. Percepivo i cambiamenti stagionali negli alberi, non nel luccichio delle onde. Scendere al porto, in una delle spiagge di sabbia e in quel mare scolorito e lungo era una misera consolazione che serviva soltanto a farmi anelare con maggiore intensità il paesaggio selvaggio e drammatico di Cadaqués, il suo orizzonte nitido e infinito, diverso da tutti gli altri orizzonti del mondo. Non ero certa che tutti avessimo un posto nel mondo, ma sapevo che tutti avevamo un orizzonte. E sarei anche potuta uscire in quel preciso istante ed essere a Cadaqués in due ore e mezza. Ma perché non lo facevo?

Ero frenata, era da mesi che mi muovevo al rallentatore, senza sapere né come né perché la mia vita così tranquilla, felice e piena di stimoli si era inceppata, aveva perso impulso e brio e si era andata a fermare proprio davanti al ristorante del padre di Gemma.

I ricordi di Sandra non confermavano i miei: non sapeva se Gemma era tornata a scuola, era passato troppo tempo e in ogni caso sarebbe stato un ricordo senza alcun valore per la sua mente pratica e brillante, l'avrebbe dimenticato dopo due minuti. E anche i miei ricordi iniziavano a essere offuscati. Ormai non mi nutrivo direttamente da loro, non avevo più accesso alla fonte originaria, non ero in grado di tornare all'istante, bensì al ricordo dell'istante, a volte era come se li avesse vissuti qualcun altro e ora me li stesse raccontando.

Mi succedeva l'opposto di quello che capitava a Proust e alle sue folgoranti esperienze della memoria che lo lanciavano attraverso gli anni in modo diretto, sensoriale e quasi fisico fino al momento vissuto. Proust era l'unico a essere riuscito a realizzare con successo viaggi nel tempo, la scienza era decisamente più indietro. Personalmente avevo la sensazione che la mia memoria fosse una sciarpa mezzo lavorata dalla quale pendeva un filo e che, se tiravo di lì, tutto sarebbe scomparso e mi sarei ritrovata con un indecifrabile ammasso di lana tra le mani.

Facevo sempre più fatica a tornare al ricordo di Gemma in cortile, l'unico che permaneva, solido e deciso, indiscutibile, era quel gesto del suo lungo collo pallido mentre si voltava verso di me. Eravamo nel cortile prima di entrare in classe. Era inverno. Lei era circondata dalle sue amiche e io dalle mie. Forse soffiava il vento e l'aria era grigia. Nel vederla, mi allontanavo dalle mie compagne per dirigermi verso il suo gruppetto, a quel punto Gemma si voltava e mi guardava. E in quel preciso istante, tutto il resto scompariva, inghiottito da un enorme vortice di polvere, come nel *Mago di Oz*. Mi restavano soltanto quel gesto circolare, la sua bella nuca e il suo sorriso stanco.

Il giorno dopo, Sandra mi mandò una fotografia di classe. Noi eravamo in prima fila, sedute a terra una accanto all'altra e con le gambe incrociate, al culmine della nostra amicizia, a sei o sette anni. Lei teneva le mani in grembo e indossava un abito a quadretti verde pistacchio su una maglia sottile a dolcevita color écru. La frangetta bionda e liscia le arrivava giusto sopra gli occhi e le copriva le sopracciglia. Il suo sguardo era dolce, sicuro, interrogativo, forse un po' strafottente, come se non si fidasse del tutto delle abilità del fotografo. Io ero inclinata su un lato con il gomito sul ginocchio e la guancia appoggiata al dorso della mano. Ero l'unica a non posare dritta. Più che contenta sembravo rassegnata, non guardavo l'obiettivo e stavo facendo una strana smorfia forse dovuta al sole. Indossavo una gonna scozzese color senape scuro e beige e una maglia a collo alto di lana beige abbinata alle calze. Avevo una delle ginocchia scoperte. La professoressa era Madame Chéri, l'unica insegnante delle elementari che ricordassi. Indossava sempre scarpe con il tacco e sfoggiava lunghi capelli biondi ondulati. In confronto, mia madre, con i suoi dolcevita, le scarpe piatte e i suoi poncho, e mia nonna, con i suoi abiti su misura, le sue maglie di cashmere e i suoi foulard di seta al collo mi sembravano il colmo della noia e della mancanza di immaginazione. Nella fotografia, la professoressa indossava un cappotto bianco. Non sorrideva, aveva un atteggiamento solenne e la fronte un po' corrugata, forse anche lei come me per via del sole. Gemma non c'era, non c'è da nessuna parte, pensai. Forse il giorno della foto era malata, all'epoca c'era sempre qualcuno con l'acetone o il mal di gola ed eravamo tutti felicissimi di ammalarci e restare a casa.

E la scena opposta, che aveva avuto luogo un anno prima che scattassero la fotografia inoltratami da Sandra: sono al Parvulario Pedralbes, una specie di asilo-collegio dove la borghesia meno convenzionale lascia i bambini nel weekend per potere uscire a divertirsi. Io e la mia amica eravamo riuscite a salire sulla panca del pianoforte, che era sempre chiuso, e avevamo fatto finta di suonarlo tambureliando con le dita sul coperchio in legno. A quel punto era apparsa una maestra insieme a un uomo con una macchina fotografica appesa alla spalla. I genitori della mia amica avevano chiesto al fotografo della scuola di fare qualche scatto alla figlia. Avrebbero fatto le foto in giardino, dove c'era una luce migliore e anche un'ambientazione più bella. La maestra mi aveva detto di restare a giocare da sola nel salone fin quando non avessero finito. Ma anch'io volevo una fotografia! Avevo cinque anni e all'improvviso, per la prima volta nella mia vita, ero stata colta da una sensazione di potere assoluto, indiscutibile: sarei riuscita a tutti i costi a farmi scattare una fotografia. Per cui mi ero avvicinata alla vetrata del salone, avevo aperto le tende e visto l'uomo e la mia amica proprio al di là del vetro. Lui stava guardando attraverso l'obiettivo e lei era seduta su una panchina. Avevo bussato alla finestra con le nocche e mi ero messa a fare qualche smorfia, non delle vere e proprie pagliacciate (non avevo ancora sufficiente fiducia in me stessa per farle e poi ero una bambina orgogliosa di esserlo, non mi mettevo certo in ridicolo): avevo finto di nascondermi, mi ero affacciata, avevo sorriso felice e dolce e fatto un'espressione sorpresa, sognatrice, curiosa. Riassumendo: avevo giocato. E il fotografo per qualche istante si era dimenticato della sua piccola e obbediente modella per scattarmi una foto.

Dopo qualche giorno, una volta sviluppata, l'aveva consegnata a mia madre.

«Ma guarda che bella foto ti hanno scattato senza che te ne rendessi conto» mi aveva detto lei, mostrandomela.

L'aveva infilata in un album e, dopo tanti anni, le avevo raccontato la vera storia di quell'immagine e la scoperta di quella sensazione di potere e vertigine che avevo sperimentato in quell'occasione per la prima volta e che è alla base di qualsiasi vero tentativo di seduzione (e per me lo erano tutti).

Tutti siamo entrambe le cose: la bambina seduta in modo scomposto che con la sua postura e la sua smorfia spezza l'armonia della foto di classe e la bambina desiderosa di essere guardata e fotografata.

12

Sentivo che mi stavo lentamente allontanando da Bruno, come quando una nave a vapore abbandona il porto, grossa e pigra, lasciando dietro di sé una scia schiumosa e scintillante. Senza rendercene conto, ci saremmo ritrovati molto distanti l'uno dall'altra, il mare calmo, l'orizzonte terso e una nuova nostalgia nel cuore.

«Perché non vieni? Dai, raggiungimi! Ci divertiremo!» disse Bruno.

Mi telefonava una volta al giorno e mi mandava una miriade di messaggi. Per telefono mi raccontava cosa faceva e, nei messaggi, quello che avrebbe voluto farmi. Le parole scritte permettono una maggiore intimità e possibilità di giocare. Attraverso i messaggi riesco a leggere la mente di chi li ha scritti. Non si sa bene chi è qualcuno se non si è avuto a che fare con lui di persona, ma anche se non lo si è letto. Non parlavamo di come ci sentivamo.

«Mi piacerebbe. Mi manchi, ma devo lavorare» risposi. «Sono davvero indietro con la traduzione.»

«La casa è splendida e le amiche di Virginia sono fantastiche.»

È vero, è con Virginia, pensai.

«E come va con Virginia?»

«Molto bene! Qui è un'altra, più divertente, più rilassata, non parliamo nemmeno di lavoro.»

È più brutta di me, pensai. Be', almeno così mi sembra. E la nave a vapore virò un po' a babordo.

«Ah, che bello!» dissi.

«Dai, vieni» insistette.

«D'accordo, ci penserò.»

Dovremmo parlare soltanto con le persone che desideriamo baciare, mi dissi il giorno dopo nel sentire i baci sonori e a mitraglietta che mi mandava Marc al telefono, come se invece di diciassette avesse di nuovo cinque anni.

Scrivevo ai miei figli ogni giorno e gli telefonavo ogni due o tre. Spesso erano conversazioni molto brevi: «Come va?». «Bene.» «Fa bel tempo?» «Sì.» «Mangi bene?» «Sì.» «Come sta papà?» «Bene.» «Il mare è freddo?» «No.» «Bene, allora perfetto. Fa' sogni d'oro. Ti voglio bene.» «Ok.» Ma era sufficiente. Ripetevo spesso che gli volevo bene, desideravo che avessero il loro arsenale di «ti voglio bene», per il futuro, nel caso più avanti gli fosse venuta in mente la follia di non essere amati.

Mi ero resa conto che l'amore dei miei genitori, che per un periodo dopo la loro morte avevo creduto fosse evaporato, si era riprodotto, se possibile, con ancora maggiore intensità nei miei figli. Era l'unica reale eredità, quell'amore che ci passavamo l'un l'altro, come una pietra ardente. Non ero orfana perché avevo figli e perché, siamo seri, nessuno è orfano dai trent'anni in su.

Traducevo senza grande entusiasmo. Questa volta, il libro che mi aveva affidato Paco, il mio amico editore, era davvero noioso. Pensai che forse l'aveva fatto per vendicarsi della mia lentezza e della mia mancanza di affidabilità. In ogni caso amavo tradurre, era piacevole tuffarsi nelle parole di un altro, cercare di trasmettere ciò che una persona più in gamba e più saggia aveva voluto dire. Trattavo sempre con estrema cura le parole altrui, le mettevo sotto la lente d'ingrandimento, le tendevo al sole, le osservavo da tutte le angolazioni possibili come fossero piccoli reperti archeologici e continuavo a rifletterci su fin quando non svelavano la loro reale intenzione. Non ero veloce, ma molto meticolosa. Non ero mai del tutto soddisfatta del risultato. Come lettrice avevo buttato nella spazzatura più libri mal tradotti che libri mal scritti. E quando mi capitava di conoscere l'autore del libro che avevo tradotto, mi sembrava di salutare un vecchio amico. Loro, ovviamente, non condividevano quell'impressione ed è probabile che pensassero che la donna che li osservava con un sorriso ebete e annuendo senza sosta doveva essere suonata.

Stavo per mettermi a lavorare quando mi telefonò Marta:

«Ho trovato alcuni epitaffi di Gemma sul giornale, o meglio dei necrologi, o come diavolo si chiamano» mi disse dopo avermi salutata. Non ci eravamo più sentite dal giorno del pranzo a casa mia.

«Sì, necrologi. Davvero? Bene!»

«Ho semplicemente digitato il suo nome in "ricerca" sulla pagina del giornale e sono usciti cinque necrologi così, a caso, del '91, '92, '94, '99 e del 2005. Ma se accedi all'emeroteca di sicuro ne trovi di più, ci sono le scansioni di tutti i giornali dal 1881.»

«Grazie mille. Lo farò» dissi.

«Tra l'altro, hai notizie di Beatriz?»

«Di Beatriz? No, questa settimana non ci siamo sentite. Perché? È successo qualcosa?»

«Sinceramente credo non stia bene» rispose Marta. «A casa tua l'ho trovata un po' triste e scoraggiata. A te non ha dato quest'impressione? Le ho telefonato qualche giorno dopo ed era uguale, credo sia per via della malattia di sua madre.»

«Dici? Sono dieci anni che sua madre è malata, non sapevo fosse peggiorata, a me non ha detto nulla. Comunque sia le telefonerò, ovvio.»

«Sì, sì, le farà piacere, viste anche le cose terribili che le hai detto quel giorno sui suoi denti.»

Scoppiammo a ridere.

«Dai, smettila! Non farmi pensare a cose terribili! La chiamerò, non preoccuparti.»

Lavorai tutto il mattino e a mezzogiorno, mentre mi mangiavo un panino davanti al computer, entrai nella pagina del giornale. Marta aveva ragione, non c'erano soltanto cinque necrologi, erano molti di più. Iniziai ad annotarli:

> 13-02-1989 Primo anniversario
> Raggiungesti la casa del Padre il 13 febbraio 1988. Quel giorno la tua vita terrena si spense, ma si accese una speranza nel nostro cuore. Esseri come te non muoiono: si trasformano in stelle e speranza. È questa sopravvivenza che celebreremo nella messa che avrà luogo nella parrocchia Castrense.

13-02-1990 Secondo anniversario
Il tuo ricordo permane nei nostri cuori, in tua memoria si terrà una messa che avrà luogo nella parrocchia Castrense.

13-02-1991 Terzo anniversario
Il tuo ricordo permane nei nostri cuori.
In tua memoria pregheremo.

13-02-1992 Quarto anniversario
Gemma, oggi e tutti i giorni, sei con noi, vogliamo che tu continui a vivere tra di noi. In tua memoria, preghiamo.

13-02-1993 Quinto anniversario
Il tempo allevia la nostra pena e rafforza il nostro ricordo di te. In tua memoria, pregheremo.

13-02-1994 Sesto anniversario
Vivi nel ricordo di tutti coloro che ti hanno conosciuta.

13-02-1995 Settimo anniversario
Il tuo ricordo continua vivo nel nostro cuore e in quello di chi ti ha conosciuta.

13-02-1996 Ottavo anniversario
Sei stata il meglio delle nostre vite e come tale ti ricordiamo. I tuoi genitori, la tua famiglia e gli amici.

13-02-1997 Nono anniversario
Gli anni passano, ma il tuo ricordo è ancora forte nel cuore di chi ti ha conosciuta.

13-02-1998 Decimo anniversario
I tuoi ricordi sono la forza della nostra vita.

13-02-1999 Undicesimo anniversario
Il tuo ricordo è più forte di tutte le nostre difficoltà.

13-02-2000 Dodicesimo anniversario
La tua bontà e amore verso gli altri sono la ragione della nostra esistenza.

13-02-2001 Tredicesimo anniversario
Nonostante il tempo passato, continui a essere con noi con la stessa forza del primo anno.

13-02-2002 Quattordicesimo anniversario
Gli anni passano ma tu sarai sempre nel nostro cuore e in quello di chi ti ha conosciuta.

13-02-2003 Quindicesimo anniversario
Dio ti ha chiamata a sé e tu, obbediente, sei andata, lasciandoci il più profondo dei vuoti. Nonostante questo, non ti dimenticheremo mai.

13-02-2004 Sedicesimo anniversario
Sei entrataa [c'è un errore di stampa] con tale forza nei nostri cuori che il tuo ricordo permane latente in chiunque ti abbia conosciuta.

13-02-2005 Diciassettesimo anniversario
Il tuo ricordo è più forte di tutte le nostre difficoltà.

13-02-2006 Diciottesimo anniversario
Il tuo ricordo è più forte di tutte le nostre difficoltà.

13-02-2007 Diciannovesimo anniversario
Sappiamo che da ovunque tu sia ci stai aiutando e ti ringraziamo per questo e per tutte le soddisfazioni che ci hai dato in vita.

13-02-2008 Ventesimo anniversario
La tua bontà e il tuo amore verso gli altri sono la ragione della nostra esistenza.

13-02-2009 Ventunesimo anniversario
Gli anni passano, ma il tuo ricordo resta vivo nel cuore di chi ti ha conosciuta.

13-02-2010 Ventiduesimo anniversario
Il tempo allevia la nostra pena e fortifica il nostro ricordo di te. In tua memoria, pregheremo.

13-02-2011 Ventitreesimo anniversario
Il tempo allevia la nostra pena e fortifica il nostro ricordo di te. In tua memoria, pregheremo.

13-02-2012 Ventiquattresimo anniversario
Gemma, nonostante gli anni trascorsi, continui a essere nel cuore di chi ti ha conosciuta per la tua bontà e affetto verso il prossimo. I tuoi amici e la tua famiglia ti chiedono di continuare a starci accanto.

Ecco lì Gemma. E non era morta in primavera ma in inverno – e il cielo si rabbuiò e si formò un turbine e da lì discesero un maglione azzurro pallido per Gemma e una sciarpa a righe per me. E i suoi genitori scrivevano necrologi da ventiquattro anni. Non era stata dimenticata, non così in fretta. E a quanto pare lei aveva lasciato ai suoi genitori un arsenale di ti voglio bene. L'ultimo era del 2012. Erano morti?

Forse loro stessi si erano trasformati in un necrologio o si erano stancati – da quella morte in poi dovevano aver vissuto perennemente esausti –, si erano dimenticati, si erano ammalati, o forse una nebbia diabolica o compassionevole aveva attenuato il ricordo della loro figlia, forse la vicinanza della loro stessa morte li spaventava e avevano pensato che in ogni caso l'avrebbero rivista a breve. Avevano pubblicato ventiquattro necrologi, erano tanti, ma avrei preferito fossero andati avanti: 2013, 2014, 2015... Tutto dovrebbe durare per sempre, pensai. Come interminabili linee rette che non si fermano mai, la nostra infanzia, la nostra gioventù e la nostra maturità, e noi dovremmo poter passare da una linea all'altra come chi cambia corsia in autostrada, saltellando su un piede nella nostra vita come nelle caselle del gioco della campana.

Pensai ai genitori di Gemma che si dovevano essere ritrovati ogni santa mattina, quando aprivano gli occhi, davanti a quella morte, consumata e sempre più polverosa e sorda per tutto il mondo tranne che per loro. Loro la inauguravano ogni giorno, nuova e rifulgente, fresca fresca.

Una volta mia madre mi aveva raccontato la storia di una sua amica il cui figlio era morto a vent'anni in circostanze molto drammatiche (ma quali non lo sono?). Lei gli era sopravvissuta per molti anni, ma ogni volta che doveva scrivere una lettera o mettere la data su un questionario o su un qualsiasi foglio, senza nemmeno rendersene conto metteva la data di morte del figlio, come se non fosse trascorso un solo giorno da allora, come se tutto si fosse fermato in quel preciso momento.

13

Parcheggiai in fondo al viale che un tempo percorrevo ogni mattina dalla fermata dell'autobus fino a scuola e ogni pomeriggio in senso opposto. Dovevo essere lì per le undici.

Avevo preso appuntamento al Liceo francese. Pensavo che magari ci fosse qualche vecchia insegnante che ancora si ricordava di Gemma o dei suoi genitori, ed ero anche curiosa di rivedere il cortile della scuola. Sarà molto romantico attraversare di nuovo il cortile della mia infanzia e della mia adolescenza, mi dissi. Certe cose le facciamo soltanto per osservarci farle o perché altri ci vedano mentre le facciamo.

Per via degli attentati terroristici, le reti di ferro che circondavano il liceo erano state sostituite da alte mura di legno chiaro che gli davano l'aspetto di un castello fortificato.

Per entrare dovetti passare da una guardiola dove

mi chiesero i documenti e mi diedero un badge plastificato da «visitatore» che infilai in borsa. Com'era tutto cambiato! Ai miei tempi entravamo e uscivamo da scuola quando ne avevamo voglia, non c'era alcuna misura di sicurezza che non fosse facilmente eludibile se si avevano genitori permissivi o se si sapeva falsificarne la firma. All'ingresso incrociai due uomini che mi salutarono in francese sorridendo. C'erano alcuni operai che stavano lavorando su una tettoia e che, nel sentire i miei passi, alzarono lo sguardo per poi riabbassarlo subito e proseguire con il loro lavoro. Per il resto, la scuola sembrava deserta. Più tardi, la segretaria del *proviseur* mi spiegò che intendeva trasformare la tettoia in uno spazio *chill out*. Anche il cortile era deserto.

Era la prima volta che mettevo piede nell'ufficio del *proviseur*. Da adolescente ero piuttosto ribelle, ma non ne combinavo di tanto grosse. Non mi punivano mai, non ero mai finita nell'ufficio del preside. Un giorno, una mia amica mi aveva confessato che una professoressa le aveva consigliato di starmi alla larga perché, secondo lei, ero una cattiva compagnia. Ne ero stata davvero felice, tutte noi sognavamo di essere una cattiva compagnia! Non c'era miglior complimento! Ma non corrispondeva affatto alla realtà.

Era un ufficio abbastanza grande ed era arredato in modo piuttosto impersonale, tutto sulle tonalità del grigio e del marrone. Sicuramente era così anche quando io ero un'alunna, pensai. Gli ampi finestroni del corridoio si affacciavano sul cortile, non l'avevo mai visto da quella prospettiva, con quella visione d'insieme, da lì i bambini dovevano sembrare delle pulci. Monsieur González era un affabile signore di mezza età, indossava un abito grigio, della sua taglia ma non molto ben stirato, con una spalla un po' più bassa dell'altra, che gli dava un aspetto famigliare e simpatico, un po' vacillante, come se avesse una gamba di legno, niente a che vedere con i temibili *proviseur* dei miei tempi. Appariva serio ma flessibile, ispirava fiducia, sembrava il fornaio generoso e bonaccione di un racconto di fate. Sicuro che gli piace mangiare e che sa ridere a una bella barzelletta, pensai. Non mostrò il minimo interesse a voler familiarizzare con me, voleva soltanto aiutarmi.

«Non è facile, è passato molto tempo» disse quando gli ebbi spiegato che stavo cercando qualcuno che si ricordasse di Gemma. «Vediamo cosa possiamo fare» e uscì dall'ufficio: «Torno subito».

Rivolsi uno sguardo al cortile, mi sembrò di sentire una vocina molto flebile e lontana, ma non capii nulla di ciò che diceva. I cortili delle scuole sono tutti così brutti o questo lo è in particolar modo? mi chiesi. Dopo qualche minuto, Monsieur González tornò insieme alla sua segretaria e alla persona che si occupava delle relazioni esterne del liceo. La riconobbi all'istante: Isabel Margarit, la bambina di cui Gemma aveva celebrato il matrimonio in cortile ben trent'anni prima!

Nella fotografia che mi aveva mandato Sandra, Isabel appariva sorridente e sdentata con un dolcevita rosso, un taglio di capelli da paggetto, corti e molto biondi, quasi da albina, e un viso solare e simpatico, molto bello ma privo del mistero e della disinvolta malignità di Sandra. Non era cambiata, continuava ad avere quell'aspetto in salute, pratico e un po' calvinista dell'infanzia. Meno male! mi dissi. Questa volta non è stato traumatico. Anche lei mi riconobbe.

«Be', immagino che avrete molto di cui parlare» disse Monsieur González sorridendo. «E io ho da lavorare. Madame Margarit, sarebbe così gentile da accompagnare la sua vecchia compagna di classe a fare un giro della scuola? Di sicuro le farà piacere.»

Lei annuì compiaciuta. Che gentilezza e che eleganza! Il mio primo incontro con la massima autorità del liceo non poteva andare meglio. Lo devo raccontare a Marta e a Beatriz, pensai, moriranno d'invidia, soprattutto Beatriz che porta qui i suoi figli e che mi ha detto che nemmeno lo conosce.

«Andiamo» disse Isabel «passeremo prima dall'ufficio del dipartimento di spagnolo, Madame Mas era quella che controllava il cortile ai nostri tempi. Magari lei si ricorda di Gemma.»

Madame Mas era al telefono che discuteva ad alta voce con un padre che si stava lamentando dei voti a suo parere ingiusti del figlio. Nel vederci, ci fece cenno di aspettare e alzò gli occhi al cielo. Vidi che sulla lavagna di sughero alle sue spalle c'erano diverse foto di lei travestita da Don Chisciotte in mezzo a una festa. Finita la conversazione, si lanciò tra le mie braccia.

«Adoravo tua madre» disse. «Ho letto tutti i suoi libri.»

«Sì? Che bella cosa! Grazie mille» risposi cercando di nascondere l'enorme soddisfazione, gratitudine e nostalgia che provavo ogni volta che qualcuno ricordava uno dei miei morti.

«Che strano!» mormorò quando le spiegammo la ragione della nostra visita. «Non mi ricordo di nessuna Gemma morta di leucemia. Ma siete sicure?» E, nel vedere i nostri sguardi stupiti e increduli, aggiunse: «Non sto dicendo che non sia successo, eh, ma c'erano così tanti bambini! Ogni estate se ne ammazzavano due o tre in moto, se ne andavano e non tornavano mai più. Voi avevate soltanto otto o nove professori e trenta compagni di classe, ma io ho avuto centinaia di alunni, non posso ricordarli tutti».

«Sì, certo, sono parecchi. È normale che non ricordi» dissi io.

«Be', e che altro volete sapere, ragazze? Cosa mi raccontate?»

E squillò nuovamente il telefono.

«È un po' logorroica» si scusò Isabel quando uscimmo dall'ufficio. «Ti va di andare a fare un giro al campo sportivo?» mi chiese mentre scendevamo le scale.

«In realtà avrei voglia di uscire a fumare» dissi. «Immagino sia vietato, no?»

«Dentro la scuola sì, ovvio, ma possiamo andare fuori.»

«Come sei finita a lavorare qui al liceo?»

«Tanti anni a desiderare di andarsene da scuola per poi ritrovarsi qua dentro a lavorare, no?» disse sorridendo. «Be', sai, io in realtà sono veterinaria, ma dieci anni fa me ne sono andata a vivere con mio marito e i miei figli in Svizzera. Lì ho fatto la veterinaria di animali da cortile, che sono quelli che più mi interessano, vacche, agnelli, cose del genere. Ma poi Alberto ha avuto una buona occasione di lavoro a Barcellona e così siamo tornati. Una volta arrivati qui, mi sono accorta che non avevo molta voglia di passare le giornate a spulciare cani da compagnia in uno studio di città. E siccome avevo ancora contatti con il liceo, un giorno sono venuta a sapere che avevano bisogno di qualcuno per le relazioni esterne e istituzionali.»

Mi appoggiai alla recinzione di legno che un tempo era di ferro e tirai fuori il pacchetto di sigarette. Ne offrii una a Isabel convinta che avrebbe rifiutato.

«Ma sì, dai! A Gemma!» disse. «Sai che l'ultima volta che l'ho vista eravamo proprio qui? Lei stava fumando, era prima delle vacanze di Natale. Abbiamo chiacchierato un po', in realtà lei aveva un pessimo aspetto, era dimagrita parecchio ed era evidente che qualcosa non andava. "I medici dicono che forse ho l'appendicite, che dovranno operarmi." Non sembrava affatto preoccupata. Due mesi dopo era morta.» Fece un tiro dalla sigaretta. «Mi pare che stavo sciando il giorno in cui è morta.»

«E non l'hai più vista? Sai se è mai tornata a scuola dopo la diagnosi della malattia?»

«Be', no, non lo so.» Abbassò lo sguardo e sospirò. «Per me la sua morte è stata molto difficile. Le volevo davvero bene. Eravamo grandi amiche.»

«E non sei andata a trovarla in ospedale?»

«No.»

Dall'altra parte della strada, le scalinate di pietra del Club de Tenis di Barcellona, affiancate da due enormi vasi di gerani, non erano cambiate. Da lì scendevano due ragazze in pantaloncini corti facendo oscillare le loro racchette. Era una giornata splendida.

«E che ne è stato dei genitori? Sai qualcosa?»

«Sì, sì, continuo a vederli, vado a casa loro una o due volte all'anno, in parte per il senso di colpa, immagino. La madre è morta l'anno scorso. Luis sta bene, è molto anziano, sta per compiere ottantasei anni. È delicato di salute, ma mi riconosce ancora e credo gli faccia piacere vedermi. Non parliamo di Gemma, in realtà lui non è che parli più tanto, ma mi siedo lì accanto, gli prendo la mano e sorride. Se ne occupano due infermiere a turno e credo abbia un nipote che vive fuori e ogni tanto lo viene a trovare. Vuoi che ti avvisi la prossima volta che vado?»

«Sì, certo! Mi farebbe davvero piacere» risposi.

In realtà farebbe molto piacere alla persona che mi farebbe molto piacere essere, pensai. Non abbiamo un grande margine di manovra, siamo quello che siamo, sono due o tre qualità a definirci (o, in certi casi, due o tre difetti): generoso, codardo, tollerante, bravo. E quelle due o tre caratteristiche alla fine vengono sempre a galla, qualunque cosa tu faccia per evitarlo. Non volevo andare a trovare uno sconosciuto e per giunta malato! Allora Isabel mi mostrò una fotografia dell'ultima volta in cui era stata da lui.

«Guarda com'è in forma» disse.

Nell'immagine, un anziano avvolto in un plaid scozzese con una testa molto rotonda e degli occhi da uccellino guardava verso l'infinito con un sorriso beato.

«Che carino» dissi. E aggiunsi: «Ma se proprio quel giorno dovessi avere un qualche impegno improrogabile che mi impedisce di venire, gli dirai che anch'io ricordo Gemma e gli darai un bacio da parte mia?».

Stavo per salire in auto quando mi resi conto di aver dimenticato di fare una domanda molto importante al *proviseur*. Tornai di corsa a scuola e salii le scale in tutta fretta.

«*Monsieur proviseur!*» dissi entrando precipitosamente nel suo ufficio. «Ho dimenticato di chiederle una cosa. Ricordo che qualche mese dopo la morte di Gemma, una professoressa mi raccontò che i suoi genitori, quando gli alunni andavano via, venivano a scuola, salivano fin nella sua aula e restavano seduti al suo banco per ore, finché non si faceva notte. Lo so che lei all'epoca non lavorava ancora qui, ma pensa sia possibile che sia accaduta una cosa del genere? Le regole della scuola sono piuttosto rigide. Le mie amiche non lo ricordano, ma dicono che è impossibile che la scuola l'abbia permesso.»

Si tolse gli occhiali, li pulì con un panno azzurro cielo che aveva su un lato del tavolo e rimase a pensare per qualche istante.

«*Madame*, io non posso dirle cosa accadde perché non lo so. Ma io l'avrei permesso. Sì, nel modo più assoluto.»

Aveva le mani distese sul tavolo, erano davvero mani da fornaio bonaccione.

Prima di uscire, guardai ancora una volta verso il cortile.

Non c'era nulla da vedere, era soltanto il cortile di una scuola silenziosa e vuota. Non solo non c'era più traccia di noi, ma nemmeno dei ragazzini che avevano corso lì in mezzo prima delle vacanze, e nemmeno di quelli che ci erano passati solo mezz'ora prima. Il vecchio cortile apriva le sue porte con calma e apatia, senza alcun fervore, non ci sarebbe stata una fanfara di benvenuto per me, né un'illuminazione o un'epifania. Diceva: Hai vissuto qui, sono successe tante cose, e poi io sono andato avanti con la mia vita da cortile, altri bambini, altre storie, che una dopo l'altra sono precipitate verso l'oblio.

14

Osservai irritata la mia scrivania. È piena di porcherie, non mi stupisce che faccio tanta fatica a mettermi a lavorare, pensai. Lì sopra si erano via via accumulati ricordi del mio periodo da studentessa. Avevo comprato una copia del primo libro che avevo letto, *Daniel et Valérie*, quando avevo scoperto che continuava a essere pubblicato nello stesso formato e con lo stesso testo di quando ero piccola. Non dovevano esserci mille modi di imparare a leggere, era come imparare a nuotare o ad andare in bicicletta, invece imparare a ballare, a scrivere o a scopare era sempre più complicato perché in questi casi è tutta una questione di ritmo. Stampai la fotografia che mi aveva mandato Sandra. La esaminavo nella speranza che da un momento all'altro, come per magia, comparisse Gemma, nascosta dietro a una bambina o accovacciata in qualche angolo a cui non avevo fatto caso.

Un giorno mi accorsi che nella terza fila c'era Raquel, una bambina baffuta e maligna che mi chiamava sempre «schifosa lentigginosa». Nella foto, per cercare di camuffare la sua malvagità, sua madre le aveva messo un fermaglio rosa tra quei suoi capelli corvini. Ero anche riuscita a procurarmi gli originali dei giornali con i necrologi di Gemma, li avevo ritagliati per attaccarli in un quaderno di ricordi di Gemma che avevo intenzione di fare. Ma per ora se ne stavano sulla mia scrivania come piccoli francobolli sinistri, tra profumi, libri, rossetti, cartoline, tazze di caffè, smalti per unghie, candele e agende: tutto l'armamentario puerile, femminile e confortante di cui alcune di noi donne (e alcuni uomini) ci circondiamo.

Be', mi dissi, mentre mi truccavo le labbra con uno degli otto rossetti disseminati sulla scrivania, metterò in ordine più tardi, adesso non ho tempo.

La casa editrice era in un condominio vicino a casa. Quando entrai, la receptionist mi salutò sorridendo, alzandosi per andare ad avvisare Paco. «Credo ti stia aspettando» disse. Di solito ci vedevamo una volta al mese lì in casa editrice o in qualche ristorante per aggiornarci e spettegolare un po'. Questa volta ero stata io a chiamarlo per avvertirlo che non avrei consegnato in tempo la traduzione. Non stavo facendo niente. Gemma e Bruno occupavano la maggior parte dei miei pensieri. Il silenzio di lei e la frenesia di lui mi impedivano di concentrarmi, mi tenevano in uno stato di agitazione e di tensione permanenti. E quando i miei figli fossero tornati, avrei avuto ancora meno tempo, non potevo tenerli rinchiusi in casa!

Per essere quello di una casa editrice, l'ufficio era molto ordinato, c'erano pochi libri in vista, le novità erano impilate, in stile grattacielo, in due alti mucchi su tavolini bassi. Passandoci davanti, Paco prese un paio di libri:

«Tieni, li abbiamo appena pubblicati» disse «ti piaceranno. Vieni».

Lo seguii fino al suo ufficio, una stanza ampia e luminosa che affacciava su una piccola veranda con vista su un giardino interno, selvatico e decisamente incolto, un miscuglio polveroso di rampicanti, felci e alberi mezzo abbattuti.

«Sì, è un po' abbandonato» disse Paco, lasciandosi cadere pesantemente sulla poltrona. «Siccome è di tutti, nessuno se ne occupa, nessuno vuole prendersene la responsabilità. Una volta all'anno viene il giardiniere della casa accanto con un machete, lo libera un po' dagli sterpi, mette del topicida e se ne va. E dopo due mesi, è di nuovo uguale. Insomma, come tutto nella vita.»

«È molto bello così» dissi io.

«Vuoi bere qualcosa? Se non ti dispiace io mi verso un po' di vino bianco, è venerdì e per oggi ho finito di lavorare. Aprirò una lattina di olive.» Appoggiò le mani sui braccioli della poltrona per alzarsi e si diresse verso un piccolo frigorifero, nero e lucido come una cassaforte, che era lì in un angolo dell'ufficio. «Sono un po' stanco» disse.

È la prima volta che gli sento dire di essere stanco, pensai. La maggior parte delle persone o è sempre stanca o non lo è mai. Io, per ogni evenienza, lo sono sempre. Sebbene non fosse ancora mezzogiorno e fossi a stomaco vuoto, bevvi anch'io un po' di vino. Nella veranda era appesa un'amaca.

«Leggi i manoscritti disteso là sopra?» gli chiesi. «Non è scomodo?»

«Be', a volte...» tentennò un attimo «in realtà è per la siesta, adesso passo parecchio tempo qui dentro, mi sono appena separato.»

«Davvero? E quando? Perché non me l'hai detto?»

«Be'» rispose «è da un bel po' che non ci vediamo, sei una donna molto impegnata.»

Scoppiai a ridere.

«Sai che non è vero.»

«E al telefono non rispondi neanche morta.»

Certo! pensai. Quello spiegava tutto: la stanchezza e il suo aspetto un po' trasandato – indossava una camicia male abbottonata ed era da almeno quattro giorni che non si radeva – e il suo generale stato di abbattimento.

Conoscevo a malapena sua moglie, ma l'avevo incontrata ad alcuni eventi della casa editrice ed era sempre stata molto affettuosa con me.

«Caspita, mi dispiace» dissi.

«Non preoccuparti. I bambini stanno bene, questa è la cosa più importante. Diciamo che è stato più o meno di comune accordo.» E aggiunse: «Anche se io, ovviamente, avrei preferito non separarmi».

Mandò giù il vino in un sorso solo, si versò un altro bicchiere, mi guardò sorridendo e sospirò. Quanto era strano sentire sospirare quell'uomo così risoluto! A volte sentivo sospirare mio figlio grande in camera sua: un bel sospiro lungo e pacato prima di iniziare a suonare un pezzo al pianoforte. E ricordavo mia madre recitare la poesia di Rubén Darío ogni volta che sentiva me sospirare, cosa che capitava piuttosto di frequente: «La principessa è triste… Che avrà la principessa? I sospiri le sfuggono dalla sua bocca di fragola».

«E tu come stai?» mi chiese. «Allora, sei un po' indietro con la nostra traduzione, vero?»

«Sì, sì. Cercherò di consegnartela per i primi di ottobre, se per te va bene.»

«Immaginavo...» rispose. «Non preoccuparti. Posso chiederti una cosa?»

«Sì, certo!»

A quel punto la sua segretaria fece capolino per avvisare che stava andando a pranzo.

«Posso chiederti una cosa?» Francamente non mi ispirava molto quella domanda. Avevo la sensazione che dietro l'apparente premura si nascondesse sempre un'impertinenza o l'inizio di un ricatto e di un tira e molla. Gli sconosciuti rompiscatole ti chiedono sempre se possono farti una domanda, come i fidanzati rompiscatole ti chiedono sempre a cosa stai pensando. Si avvicinano circospetti e, a tradimento, da dietro il divano e quando ormai è troppo tardi per fingerti addormentata, ti guardano con trasporto e ti sussurrano: «A cosa stai pensando?». Oddio quanto è scocciante! È l'equivalente del «mi annoio» dei bambini piccoli.

Ma quel poveretto di Paco si era appena separato, cosa potevo dirgli? Posso chiederti una cosa? Sì, certo!

«Dimmi, com'è che non sei in vacanza con quel tuo fidanzato tanto favoloso e fantastico?» e, senza darmi il tempo di rispondere, aggiunse: «Sai che la prima volta che ti ho vista mi sono innamorato un po' di te? Ricordo persino che camicetta indossavi, color senape, un po' trasparente e con disegnini azzurri. Pensai: Questa ragazza...».

Non mi ricordavo. Se cinque minuti prima qualcuno mi avesse chiesto come ci eravamo conosciuti io e Paco, non sarei stata in grado di rispondere. Tuttavia, nel preciso istante in cui il mio amico iniziò a descrivermi la scena, riemerse nitidamente davanti ai miei occhi, come se il suo ricordo avesse trascinato fuori il mio facendolo risalire in superficie dalle profondità marine. Ricordai il ristorante, era accanto alla casa editrice in cui lavoravo in quel periodo, aveva un cortile sul retro con un albero dai fiori di un rosa molto pallido, quasi bianco. E ricordavo anche la camicetta, ovvio. L'avevo comprata a Parigi. In effetti mi era sembrato che Paco la osservasse con grande attenzione. Per anni è stata la mia camicetta preferita, la indossavo anche il giorno in cui avevo rincontrato all'entrata del teatro Víctor il padre di mio figlio minore, dopo un tragitto in taxi fino a Montjuïc che mi era parso al tempo stesso eterno e molto breve, come tutte le cose importanti. Mi domandai se anche lui la ricordasse.

«Questo non significa nulla» dissi. «Ci si innamora di tutte le persone che si incontrano, anche solo per un nanosecondo. Poi ci passa e ce ne dimentichiamo, ma per un istante siamo stati tutti innamorati di tutti. È normale.»

«Tu credi?» rispose pensieroso.

Indossava scarpe da ginnastica di tela molto vecchie, si tirò su i calzini – bianchi, con una riga azzurra e una rossa nella parte superiore, come quelli che si usano da bambini per fare sport –, assicurandosi che fossero ben tesi e si legò e slegò i lacci diverse volte.

«La verità è che non sono andata in vacanza con Bruno perché non ne avevo voglia» dissi «anche se a lui ho detto che rimanevo qui a lavorare.» E aggiunsi: «Sono nel bel mezzo di una ricerca».

Scoppiò a ridere.

«Una ricerca, eh? Vuoi dire che hai già qualcuno in lista d'attesa?»

«Io non ho mai nessuno in lista d'attesa» risposi «non ce l'ho nemmeno, una lista d'attesa, non sono così banale. E poi non sono un uomo» aggiunsi.

«Lo so, lo so. Eddai, non prendertela. So bene che sei un'anima pura e integra. Raccontami un po' cosa fai tutta sola in città. Cos'è questa faccenda della ricerca?»

«Che storia!» mormorò quando ebbi finito di raccontargli la questione di Gemma. «Io ho frequentato la San Ignacio, per cui sfortunatamente non l'ho conosciuta, ma come hai detto che si chiamava il ristorante dei suoi genitori?»

«Marcel.»

Inforcò gli occhiali per vedere da vicino e accese il computer.

«Marcel. Marcel. Questo nome non mi è affatto nuovo.»

«È anche il nome di uno scrittore molto famoso.»

Scoppiò a ridere.

«Ma non mi dire!»

«Magari ci sei andato con i tuoi genitori da bambino, si mangiava molto bene ed era un ristorante piuttosto conosciuto, non era lontano da qui.»

«Aspetta un attimo. All'epoca i miei genitori avevano un amico critico gastronomico, gli ho persino pubblicato un libro qualche anno fa, magari lui ricorda qualcosa» e mi porse un foglietto con il suo nome, Jordi Sardo, e un indirizzo mail.

«E chi ti dice che non sia morto?»

«Ogni tanto scrive ancora sulle riviste di settore e tutti gli anni mi manda gli auguri di Natale. È andato a vivere in Galizia, credo.»

Mi accompagnò fino all'entrata della casa editrice.

«Scusa, è che a pranzo ho un appuntamento con un'amica psichiatra, vado un po' di fretta» disse. «Ci vediamo un altro giorno, va bene? E avvisami se scopri qualcosa sulla tua amica, mi farà piacere sapere come procedono le tue ricerche.»

Lo sentii ridere mentre chiudeva la porta, aveva bevuto parecchio vino.

15

Uscita dalla casa editrice, vidi che avevo un sacco di messaggi di Bruno. Utilizzava il vecchio stratagemma di dirmi «ti amo» perché io fossi costretta a rispondergli allo stesso modo. «Ti amo» non sono due parole, bensì quattro: «ti amo-ti amo». Ma io non potevo continuare a svalutare i miei «ti amo»! Erano la mia unica moneta di scambio. Senza quello – senza poter dire «ti amo» quando ne avevo voglia, quando era irresistibilmente vero, quando le parole mi sfuggivano dalla bocca senza alcun controllo, come le perle e le serpi del racconto di Perrault –, non avevo niente, la mia rovina era assicurata.

«Oh, Bruno!» mormorai tra me e me mentre leggevo i suoi messaggi. «Non lo vedi che siamo stati cacciati dalla grotta di Alì Babà? Non lo vedi che la parola d'ordine "ti amo-ti amo" non riaprirà per noi alcuna porta magica?»

Risposi al suo «ti amo» con un «anch'io». Quello era un altro stratagemma, ovvio, mi sembrava che sostituire un «ti amo» con un «anch'io» fosse meno compromettente. Che in quel modo il tradimento agli dèi – Zeus, Afrodite, Apollo, era uguale, si invischiavano tutti in incredibili ginepraì amorosi –, che mi osservavano dal cielo, fosse meno grave. Fino a quel momento il mio comportamento amoroso era stato ineccepibile: non dicevo mai «ti amo» se non era vero, non uscivo mai per più di una settimana con un uomo se non ne ero innamorata. Ed ero sempre innamorata. Cos'era successo?

Telefonai a Beatriz per chiederglielo («Per qualche giorno hai desiderato avere una relazione che potesse offrirti stabilità, calma e ordine, che era esattamente quello che Bruno, pur essendo un attore, ti offriva, ma dopo una settimana eri già annoiata. Forse continui a desiderare quelle cose, non lo so, ma con Bruno c'è troppo squilibrio, non l'hai preso sul serio nemmeno per un minuto») e per chiederle se volesse pranzare o cenare con me. Magari si è già sistemata il dente, pensai.

Ma era di nuovo a casa di sua madre.

«Perché non vieni a mangiare qui o a prendere un caffè? Poi ci facciamo una partitina a poker.

Dai, vieni che ti spenniamo! Mamma è imbattibile, mi farà bene avere un aiutino.» E, a bassa voce, aggiunse: «È molto stanca per via del caldo, i primi giorni d'estate sono durissimi per gli anziani, garantito che in meno di un'ora se ne va in camera sua a riposare e possiamo restarcene noi due a chiacchierare. Ho visto che in cucina c'è una bottiglia di grappa».

Però, ultimamente mi invitano soltanto ad andare a trovare i vecchi, pensai.

«No, no, grazie, sono in ritardissimo con la traduzione. Facciamo un altro giorno, ok?»

Non conoscevo la madre di Beatriz. L'avevo vista una volta per strada, tanti anni prima: una donna minuta, vestita in modo semplice, con uno sguardo perspicace e forse un po' giudicante, credo si occupasse di psicologia infantile. Ma sì che invece conoscevo il deserto della vecchiaia e della malattia, l'avevo attraversato con mia madre. Temevo di far ritorno a quel luogo, di ritrovare mia madre malata, ora che finalmente riuscivo a immaginarmela canticchiare e camminare tra prati in fiore. Mia madre, che odiava la campagna.

«Sì, certo, non ti preoccupare, ci vediamo un altro giorno» rispose Beatriz.

Trascorsi il pomeriggio a tradurre e, quando ebbi finito, mi misi a scrivere all'amico dei genitori di Paco:

Gentile signor Sardo,
non ci conosciamo, ho avuto la sua mail dal nostro comune amico Paco Trías. Il motivo per cui la contatto non ha nulla a che vedere con lui e forse le sembrerà anche un po' campato in aria, per cui mi scuso anticipatamente. Una settimana fa, per puro caso, mi sono ritrovata in un ristorante in calle de Manel Girona, vicino al Liceo francese, a Pedralbes. Ora non ricordo come si chiamava, ma abbiamo cenato molto bene, anche se devo confessarle che non sono affatto un'esperta, mangio in modo molto semplice e trovo le conversazioni sul cibo tra le più soporifere. Per alcuni della mia generazione e di precedenti generazioni – grazie a Dio i giovani d'oggi sono più svegli –, la gastronomia sembra aver sostituito il sesso come hobby. Quando vedo persone della mia età che se ne stanno per ore attorno al tavolo di un ristorante prestigioso, non riesco a non pensare a quanto in fretta scorra la vita e a ciò che dovrebbe accadere sotto al tavolo, con tutte quelle gambe, ginocchia e piedi. Ma sto divagando, mi scusi. Il fatto è che mi sono subito resa conto di essere

già stata in quel ristorante molti anni prima. Originariamente si chiamava Marcel e i proprietari erano i genitori della mia amica Gemma. Mi domando se lei, in quanto critico gastronomico, l'avesse frequentato. Mi pare di ricordare fosse un ristorante piuttosto rinomato. La mia amica morì di leucemia a quindici anni e poco dopo Marcel chiuse i battenti. Non fui molto presente durante la sua malattia e la sua morte. Eravamo state amiche d'infanzia, ma all'epoca non ci frequentavamo più molto, non andavamo nemmeno nella stessa classe, in più lei era più scientifica (anche se prendeva ottimi voti in tutte le materie) e io più letteraria. E fu tutto così rapido e improvviso! Probabilmente lei non ricorderà nulla, forse non sa nemmeno di che ristorante sto parlando. Magari potesse dirmi cosa accadde dopo la morte di Gemma e come andarono quei tempi così lontani.
Le mando un cordiale saluto e resto in attesa di sue eventuali notizie.

E firmai con nome e cognome.

Prima di andare a letto, ricevetti un altro messaggio di Bruno in cui mi augurava sogni d'oro e mi mandava una foto molto carina di un tramonto sul mare. Cedetti e gli risposi con le due fatidiche parole: ti amo.

Stai diventando una pappamolla, pensai prima di chiudere gli occhi.

16

Dopo qualche giorno Bruno, annoiato dalle isole e adducendo di dover imparare un copione, rientrò a Barcellona. Questa volta non andai a prenderlo in aeroporto.

«Stanno tutti andando via da Barcellona per passare il weekend al mare» mi scusai. «Ci sarà un traffico terribile.»

«Certo, non preoccuparti, prenderò un taxi.»

Due ore dopo si presentò a casa carico di *ensaimadas* e regali. Virginia l'aveva accompagnato nella gioielleria di una sua amica che, dopo qualche anno trascorso tra New York e l'India, dove comprava le pietre e realizzava alcuni dei suoi disegni, aveva aperto un negozietto nel centro storico di Maiorca.

«Siamo un po' impazziti» disse posando sul tavolo sei scatoline identiche, rettangolari e di un grigio azzurrato. Dentro c'erano dei braccialetti con minuscole perline di pietre semipreziose che si adattavano al polso con una piccola nappa che nascondeva un nodo scorsoio. Erano molto belli.

«Hai esagerato» dissi sorridendo «è troppo.»

Ma non lo pensavo, ovvio. Niente è mai troppo, troppo è fantastico e meraviglioso. Il problema è sempre il troppo poco. Agitai i braccialetti.

«Così hai messo il sonaglio al gatto, eh?»

Era abbronzato e aveva un gran bell'aspetto. Bruno si abbronzava in cinque minuti. Sentii un leggero brivido, ma era un brivido generico, non aveva nulla a che fare con lui. Non era un brivido di desiderio e sorpresa, come quando andavamo a Cap de Creus e all'improvviso i fari dell'auto illuminavano una piccola volpe che faceva capolino con la testa in mezzo alle rocce: Ehi, guarda! Una volpe! Guarda! Un uomo! Come quando, nella *Tempesta*, Miranda incontra Ferdinando. Niente, né gli anni, né i figli, né i mariti, né gli amici maschi erano riusciti a mettere a tacere quell'infatuazione infantile che un qualsiasi gesto o movimento maschile riusciva a risvegliare in me. Un uomo!

Allora si avvicinò e mi baciò, e io lo abbracciai affondando il viso nel suo collo dorato e tiepido. Non insistette.

«Sono giorni che dormo male» mi scusai.

«Vuoi uscire a fare una passeggiata? Non ho quasi più tabacco. Così parliamo un po'» disse.

«Certo.»

A quel punto mi accorsi che indossavo i jeans che, secondo Sandra, non mi donavano per niente. Che smettesse di amarmi perché ero insopportabile ed egoista era un conto, ma non poteva di certo farlo perché mi vestivo male, non scherziamo!

«Aspetta, vado a cambiarmi.»

Indossai un abito nero smanicato che gli piaceva molto.

«Sei davvero bella» mormorò.

Per strada c'era poca gente, tutti approfittavano dei primi fine settimana estivi per scappare dalla città. Ci dirigemmo verso l'unica tabaccheria aperta il sabato pomeriggio.

Camminammo mano nella mano per circa quattro metri, ma era scomodo, ci sudavano le mani. Se volessimo davvero tenercele, non ci suderebbero, pensai, il sudore è psicologico, anche lui è stufo di me. A quel punto mi passò un braccio attorno alle spalle, ma non eravamo sincronizzati nella camminata, quando lui saliva io scendevo, e in più c'era di mezzo la mia borsa. Scossi leggermente la testa, mi allontanai un po' e lui mi lasciò di nuovo.

A quel punto si fermò un attimo per accendersi una sigaretta e lo guardai. Fino a quel momento avevamo camminato l'uno accanto all'altra, guardandoci con la coda dell'occhio per capire chi avrebbe iniziato per primo a parlare. Lo vidi accendersi la sigaretta con quel fare veloce e tanto caratteristico che gli avevo visto compiere un milione di volte. Inclinò leggermente la testa di lato con la sigaretta tra le labbra, fece un piccolo incavo con la mano destra, azionò la rotella e il pulsante dell'accendino, apparve la fiamma azzurrata e aspirò la prima boccata mentre gli si marcavano gli zigomi. E allora percepii fisicamente che si stava allontanando da me. Sentii come se fino a quel momento il suo corpo fosse stato attaccato al mio e ora si stesse staccando, centimetro dopo centimetro, come quando stacchiamo una figurina dalla carta. Vidi la sua sagoma, come un delicato foglio di carta, allontanarsi dalla mia e sdoppiarsi: eravamo di nuovo due. Bruno era tornato davanti a me, il mondo deserto e pieno di possibilità. Lo guardai come se non l'avessi mai visto prima e mi chiesi in quante occasioni, nel corso di una relazione o di una vita, vediamo una persona per la prima volta. Conoscevo la risposta: ogni volta che, per qualche secondo o per sempre, smettiamo di amarla. Uomini che prima quasi toccavano il cielo diventano lillipuziani, toraci simili a bei tronchi d'alberi centenari si inspessiscono e deformano in maniera incomprensibile, silenzi profondi si trasformano in un inequivocabile segno di vacuità e mancanza di immaginazione. E non solo questo: le magliette di cotone dell'essere amato che abbiamo indossato tante notti per dormire, all'improvviso ci irritano la pelle, i suoi vecchi jeans preferiti diventano stracci schifosi da gettare nella spazzatura. E quel crollo non avviene soltanto nella nostra immaginazione, avviene anche davanti agli occhi dell'altro che, in mancanza di strumenti per rimediare, viene privato di parti del suo corpo e della sua personalità che iniziano a cadere a terra e a infrangersi in mille pezzi.

«Dobbiamo parlare. Non credi?» disse infine lui. «Tu ormai non hai più voglia di vedermi e di stare con me. Pensavo che forse, andando via qualche giorno, ci saremmo ritrovati un po'. Perché credi che me ne sia andato due settimane a Maiorca con Virginia che, tra l'altro, è una persona splendida?»

Gli presi la sigaretta, feci un tiro e gliela restituii.

«Be', non lo so, per goderti il mare e il paesaggio?»

Finse di non sentirmi e andò avanti.

«Io non posso starmene tutti i giorni ad aspettare di capire se hai voglia o meno di vedermi o di parlare con me o di venire a letto con me, non va bene. Capisci?»

«Sì, sì, certo, certo che capisco, non va bene. Ma anche tu devi capire che non mi posso forzare a fare qualcosa che non mi va.»

Ci incamminammo verso casa.

«Il problema è che tu non vuoi una vera relazione, riconoscilo. Ti sembra di volerla, ma non è così.»

Pensai alle parole di Beatriz.

«Forse hai ragione» dissi. «Da una parte la desidererei tantissimo, ma dall'altra faccio fatica, è vero.»

Si accese un'altra sigaretta.

«Non ti offendere, ma credo ti farebbe molto bene andare un po' in terapia» disse.

«Ma se ci sono già andata!» esclamai. «Per due anni! Te ne ho parlato.»

«Sì, sì, è vero. Be', a maggior ragione! Credo che staresti molto meglio. Io ti aspetterò.»

Chissà se si tratta del tipico caso in cui stai per mollare qualcuno ma alla fine è quel qualcuno a mollare te, pensai.

Eravamo arrivati a casa.

«Be'» disse Bruno, «io preferisco non salire. Ci sentiamo, ok?»

«Sì, ci sentiamo, certo.»

Montò sulla moto e, quando stava per infilarsi il casco, mi avvicinai e lo abbracciai.

La sera, per cena, mangiai un pezzo di *ensaimada*. Tagliai il resto a pezzettini e lo portai in strada alla gatta randagia che gironzolava lì e che, segretamente, credevo fosse la reincarnazione di mia madre.

17

«Posso salire?» mi chiese Víctor.

«Sì, certo» risposi.

Che sorpresa! E che strano! pensai mentre aprivo la porta, non sale mai, saluta sempre Óscar davanti al portone.

Marc era arrivato il giorno prima e, siccome era ormai grande, tornava da casa di suo padre da solo in autobus.

«Oh! Ma quanto sei cresciuto e come sei bello!» dissi a Óscar.

«Già» si limitò a rispondere, ma sembrava contento di vedermi.

Víctor si era tagliato i capelli e indossava scarpe da ginnastica nuove. Dev'essere innamorato, pensai. Molti uomini vanno dal barbiere quando hanno un appuntamento e molte donne portano la macchina a lavare se hanno un nuovo fidanzato.

«Come stai? Come va la traduzione? Sei riuscita a lavorare?» mi chiese sorridente.

«Be', sì, procede.»

Sentii Marc ridere in camera sua e vidi come Óscar si accingeva a sistemare il divano pronto a far partire il suo videogioco sul calcio. Avevano lasciato gli zaini a terra all'ingresso.

Víctor si sedette sul bracciolo del divano.

«E che altro hai fatto in questi giorni?»

«Sono andata avanti con la mia ricerca» dissi.

«Quale ricerca?»

«Ma sì, dai, quella sulla mia compagna di scuola, Gemma!»

Gli indicai la foto di classe che avevo sulla scrivania.

La osservò un attimo e scoppiò a ridere.

«Ma tu sei identica!» disse. «La mano piegata in dentro, la faccia schifata di quando qualcosa ti dà fastidio, quante volte mi è venuto l'istinto omicida nel vederti quell'espressione!»

«Non stavo facendo nessuna faccia schifata, era il sole.»

«Le lentiggini... E qual è Gemma?»

«No, Gemma quel giorno era assente, si era ammalata.»

«Cavoli, che iella! Non è che si tratta di un'amica immaginaria?»

Gli rivolsi uno sguardo assassino.

«Dai, parlando seriamente, sei riuscita a scoprire quello che ti interessava?»

«Credo di no» risposi. «Volevo sapere se l'avevo vista un'ultima volta nel cortile di scuola ma non me l'ha potuto confermare nessuno.»

«Ma tu sai di averla vista, no?»

«Sì.»

«Be', dovrebbe essere sufficiente.» Si alzò in piedi. «Devo andare al lavoro. Che progetti avete per le ferie?» chiese.

«Credo che andremo un po' di giorni in Grecia, i biglietti aerei non costano niente, così ci faremo qualche bagno e andremo a vedere le rovine.»

«È un gran bel progetto» disse. «Io forse andrò a Roma, degli amici mi hanno offerto il loro appartamento.»

Lo accompagnai fino alla porta.

«Una cosa: per caso ricordi la camicetta che indossavo il giorno in cui ci siamo rivisti?»

«Certo che la ricordo, piccola. Ricordo tutto quello che è successo quel giorno. Indossavi una camicetta gialla, di seta, con dei disegnini. E una minigonna e scarpe con un tacco medio. Ricordo che ti ho aspettata all'ingresso del Mercat de les Flors e ti ho vista scendere quel pezzetto di rampe sorridendomi.»

«Sì, era la mia camicetta preferita.»

«Ricordo anche che nell'intervallo ci siamo quasi baciati e poi la pizzeria in cui abbiamo cenato, vicino al teatro. Perché me lo chiedi?»

Non dissi nulla e lui proseguì.

«E ricordo che io indossavo una camicia azzurra e che il giorno prima mi ero andato a tagliare i capelli.»

«Sì? Come oggi» dissi.

Sorrise.

«Di tanto in tanto un uomo deve pur tagliarsi i capelli, non credi?»

Passai il resto del pomeriggio a organizzare il viaggio. Trovai all'ultimo minuto dei biglietti aerei a un ottimo prezzo per il giorno dopo. Prenotai anche una stanza per noi tre con vista sul Partenone in un albergo che conoscevo. I ragazzi erano super eccitati:

«Quanti giorni restiamo?».

«Mi puoi lavare i vestiti adesso?»

«Non trovo le ciabatte di gomma.»

«Mi posso portare il computer?»

«Io con questo puzzone non ci dormo.»

«Posso vedere i miei amici prima di partire?»

Quando infine andarono a dormire, aprii il computer. Trovai la risposta del signor Sardo.

Mia cara amica,
siccome sono molto più vecchio di te, mi permetto di darti del tu. Prima di tutto, vorrei ringraziarti per le tue interessanti osservazioni sulla vita e sulla gastronomia. Le condivido solo in parte, ma se un giorno avrò il piacere di conoscerti, prometto di provare a farti cambiare idea, o almeno di invitarti a condividere un pranzo come Dio comanda in qualche gradevole ristorante.
Potrei raccontarti la storia dei signori Álvarez a partire dalle dolci verità di adesso, che sono mezze verità. Ma siccome ho letto abbastanza di te da sapere che non ti spaventi facilmente, ti spiego direttamente che Gemma mi era molto affezionata da quando, in qualità di presidente della giuria di un concorso di cucina, avevo fatto vincere ai suoi genitori il primo premio, consistente in denaro e in una settimana a Parigi per andare a far visita ai grandi. La tua amica era sufficientemente intelligente da rendersi conto che, in un periodo in cui andavano tanto di moda i ristoranti di design pieni di bella gente, a quello dei suoi genitori spettava un futuro difficile, nonostante Luis Álvarez fosse uno dei migliori cuochi che abbia mai conosciuto. Una volta vinto il premio, organizzai dei pranzi settimanali in cui riunivo tutta una serie di elementi, scrittori, giornalisti, illustratori ec-

cetera. Poco tempo dopo, la tua amica si ammalò. L'andai a trovare trenta ore prima della sua morte, che avvenne in un sinistro ospedale gestito da suore che entravano e uscivano con la disinvoltura che si acquisisce dopo aver avuto a che fare per tanti anni con il demonio. Luis era un cristiano convinto, nella sfumatura più nobile a cui questo pensiero può dare origine. Era terribile vedere come continuasse ad avere speranze pur quando ormai erano impossibili. Il giorno del funerale fu un'altra data sinistra di cui ricordo i piccoli volti in lacrime dei suoi compagni. Probabilmente dovevi essere tra di loro.
Ma le disgrazie continuarono. Il *maître* del Marcel morì in un incidente d'auto mentre rientrava a casa dopo il turno di notte. So per certo che non beveva nemmeno un goccio di vino. Era astemio, un problema per il suo lavoro a cui cercava di ovviare chiedendomi notizie su qualsiasi vino esistente o non ancora esistente, e prendendo appunti come un alunno diligente. Era come un figlio per Luis, nel senso più stretto del termine a livello emotivo. Un altro dramma che si andò ad aggiungere, ovvio, fu un grosso ictus che lasciò Luis in condizioni davvero disastrose. Poco tempo dopo affittarono il ristorante e vendettero la cantina e i loro vini. L'anno successivo, per via dei mancati pagamenti da parte della società che

aveva affittato il Marcel, decisero di vendere per andare a vivere in un appartamento di proprietà che si trovava sopra il locale. Dopo tanti duri colpi, stava iniziando a respirare di nuovo quando Juanita, sua moglie, ebbe un incidente su un autobus. Non ho mai scoperto se è stato quello a farla ammalare così in fretta. Lei lo diceva, ma io ho sempre pensato che, al di là dell'incidente, si trattasse di un problema neurologico degenerativo. Juana è morta lo scorso dicembre. Non molto tempo fa ho provato a rimettermi in contatto con Luis. È una vocina persa tra i ricordi, incapace di capire ciò di cui gli parli, sempre immerso in quella beatitudine acquisita durante la sua lunga vita a lavorare con i fratelli.

Questo sarebbe il racconto principale, sempre sotto il ricordo del volto da Vergine del romanico aragonese che aveva la tua amica, quella dallo sguardo arguto e malizioso.

Mi dispiace doverti scrivere di cose tanto tristi, ma ho obbedito ai tuoi desideri.

È possibile che ci siano altre questioni rimaste nella penna perché non gli ho dato importanza e magari per te possono invece averla, quindi se vuoi chiamami al mio cellulare: 66056777.

Un abbraccio,

Jordi

Gli risposi quella sera stessa, ringraziandolo e accettando il suo invito a pranzo. Non intendevo chiamarlo, mi sembrava non ci fosse altro da chiedere. Era probabile che non avrei mai scoperto se avevo visto Gemma quell'ultima volta nel cortile della scuola. O forse un giorno, di lì a un anno o vent'anni, avrei incrociato qualcun altro che l'aveva vista. Ma a quel punto chi avrebbe potuto assicurarmi che anche quella eventuale persona non l'avesse immaginata? Procediamo a tentoni, pensai. E andai a letto lasciando accesa la luce del bagno.

18

Il giorno dopo, mentre stavamo finendo di preparare i bagagli, ricevetti un messaggio di Beatriz:

«Tesoro, lo so già che queste cose non ti piacciono molto, ma volevo avvisarti che ieri mattina è morta mia madre. La cerimonia si terrà oggi a mezzogiorno nella casa funeraria di San Gervasio. Non preoccuparti, non è il caso che tu venga, ma non volevo lo scoprissi da qualcun altro. Spero tu stia bene. Un bacio».

Guardai l'orologio. Erano le undici. Il nostro aereo parte alle tre. Non posso andarci, non faccio in tempo, devo ancora finire la valigia, mi dissi guardando i mucchi di vestiti estivi sparsi intorno a me. Che disastro! E la casa funeraria? La casa funeraria... Presi il cellulare e guardai l'applicazione con le mappe. Sembra vicina... sì, sì, è qui a due passi, ma sicuro che mi perderò. Dicono che è semplicissima ma io non ci capisco niente di questa app, non so mai se sono il puntino rosso o quello blu. Che faccio? Mi sedetti sul letto. E se prendo un taxi, il tassista si arrabbierà con me perché gli avrò fatto perdere tempo con una corsa così breve. Comunque sia, di sicuro sarà pieno di gente, è una famiglia molto amata. E Beatriz mi ha scritto che non è il caso che io vada. Mi guardai la punta dei piedi, dovevo ancora mettermi lo smalto. E in più non ho quasi dormito, tutta la notte a pensare alla mail del signor Sardo. Guardai l'orologio: le undici e mezzo. Non avevo né tempo né niente da mettermi.

Mi misi a piegare un costume da bagno finché non fu così piccolo da starmi nel palmo della mano.

«Ragazzi!» urlai all'improvviso alzandomi in piedi. «Io vado! Torno subito! Finite di fare le vostre valigie.»

«Cosaaa? Mamma!» protestarono entrambi. «Ma se non trovo i miei pantaloncini e non ho fatto colazione e ci sono ancora dei vestiti nella lavatrice, perderemo l'aereo.»

«No, non lo perderemo. C'è tempo. Marc, stampa i biglietti e prepara la colazione a tuo fratello, per favore. Óscar, guarda nel cassetto in basso dell'armadio.»

Sostituii i pantaloni del pigiama con i jeans troppo larghi che a Sandra non piacevano, misi una delle magliette che usavo per fare yoga e uscii di corsa da casa.

Non ero stata all'altezza di nessuna delle mie morti, ma forse potevo esserlo per una delle morti della mia amica.

Arrivai alla casa funeraria che la cerimonia stava per iniziare. C'era tantissima gente. Entrando, vidi Marta con degli amici e la salutai da lontano. Mi sedetti nell'ultima fila, come al funerale di Gemma, accanto a una vetrata che dava su un piccolo giardino in cui alcuni ragazzi stavano fumando. È la prima volta che assisto al funerale di una sconosciuta, pensai. A quel punto arrivò un prete e parlò della madre di Beatriz, della morte e del genere umano. Poi fu il turno della mia amica, che condivise con noi alcuni ricordi di sua madre. E per la prima volta in vita mia, ascoltai quel che dicevano. Ero andata a diversi funerali, ma in alcuni ero troppo distrutta per ascoltare qualcosa e in altri ero talmente consapevole che si trattasse di una convenzione sociale da non prestare attenzione ai sermoni. E quando il prete ci chiese di alzarci, mi parve di farlo non perché ero obbligata, ma per rispetto, per Beatriz, per sua madre e per tutti noi presenti. È la prima volta che saluto davvero un morto e nemmeno la conoscevo, pensai.

Finita la cerimonia, ci riunimmo nel giardinetto che avevo visto attraverso la vetrata. Mi misi a chiacchierare con alcune ex alunne del liceo che mi presentarono i cugini di Beatriz, sembravano davvero desolati. E allora vidi la mia amica. C'era il sole, indossavamo abiti estivi, era circondata da persone, mi allontanai dal gruppetto con cui stavo parlando dirigendomi verso di lei. A quel punto girò il collo lungo e affusolato verso di me e mi sorrise.

«Sei venuta» disse.

«Ma certo, come avrei potuto non venire!»

E finalmente uscii dal cortile.

Barcellona, settembre 2020

Ringraziamenti

Vorrei ringraziare Anna Soler-Pont, la mia agente, per la sua inesauribile pazienza, per la fiducia e perché sa sempre trovare una soluzione a tutti i miei problemi.

Ringrazio anche i miei editori, Jorge Herralde e Silvia Sesé, per la sincerità e per avermi spinta ad andare oltre, senza di loro questo libro non esisterebbe. Grazie a Joan Carles Girbés per i suoi commenti generosi, acuti e pertinenti.

E grazie agli amici che hanno condiviso con me i loro ricordi di Gemma: Sandra Capdevila, Isabel Algara, Teresa Corbella, Inés Coll, Ada Moya, Anna Arranzi, Isa Elias, Miquel Sen e Karina Botbol.

Finito di stampare nel mese di maggio 2021
per conto di RCS MediaGroup S.p.A.
da Grafica Veneta, via Malcanton 2, Trebaseleghe (PD)
Printed in Italy